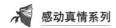
感动真情系列

光阴难了师生情

——感动中学生的 100 个老师

◎总 主 编：刘海涛
◎本册主编：章叶英

九州出版社
JIUZHOUPRESS 全国百佳图书出版单位

图书在版编目(CIP)数据

感动中学生的 100 个老师:光阴难了师生情/ 刘海涛主编.
—北京:九州出版社,2006.2(2021.7 重印)
ISBN 978-7-80195-425-1

I. 感... II. 刘... III.①散文–作品集–世界 ②随笔–作品集
–世界 IV. I16

中国版本图书馆 CIP 数据核字(2005)第 151590 号

感动中学生的 100 个老师:光阴难了师生情

作 者	刘海涛 总主编 章叶英 本册主编
出版发行	九州出版社
地 址	北京市西城区阜外大街甲 35 号(100037)
发行电话	(010)68992190/2/3/5/6
网 址	www.jiuzhoupress.com
电子信箱	jiuzhou@jiuzhoupress.com
印 刷	北京一鑫印务有限责任公司
开 本	787 毫米 × 960 毫米 16 开
印 张	12.5
字 数	234 千字
版 次	2006 年 2 月第 1 版
印 次	2021 年 7 月第 3 次印刷
书 号	ISBN 978-7-80195-425-1
定 价	32.00 元

目 录

永恒的星座

红烛情深

2

最美的音符

风的问候

3

花儿为什么这样红

生命的航标

4

永恒的星座

淡淡的往事，淡淡的回忆，成为我们脑海中永恒的星座。那个如星子一般纯真，一般闪亮的年轻老师，也深深地印在了每一位学生的记忆中，在你回忆的银河中，是否也有这样一颗星呢？

> 星子正从她的身后川流成为夜空，最后她自己也成为一颗最亮的星星，在记忆的银河中，那是我的老师。

在那颗星子下——记我的中学生时代

◆ 文/舒 婷

2

母校的门口是一条笔直的柏油马路，两旁凤凰木夹阴。夏天，海风挥下许多花瓣，让人不忍一步步踩下。我的中学时代就是笼在这一片花雨红殷殷的梦中。

我哭过、恼过，在学校的合唱队领唱过，在恶作剧之后笑得喘不过气来。等我进入中年回想这种种，却有一件小事，像一只小铃，轻轻地，然而分外清晰地在记忆中摇响。

初一那年，我们有那么多学科，只要把功课表上所有的课程加起来就够吓人的，有十一门课，当然，包括体育和周会。仅那个崩开线的大书包，就把我们勒得跟登山运动员那样善于负重。我私下又加了近十门课：看电影、读小说、钓鱼、上树……我自己也不知道，究竟是把读书当玩了，还是把玩当做读书。

学校规定，除了周末晚上，学生们不许看电影。老师们要以身作则，所以我每次大摇大摆屡屡犯规，都没有被当场逮住。

英语学期考试前夕，是星期天晚上，我串了另外三个女同学去看当时极轰动的《五朵金花》。我们呷着冰棍儿东张西望，一望望见了我们的英语老师和她的男朋友。他们在找座位。我努力想推测她看见了我们没有，因为她的脸那么红，红得那么好看，她身后的那位男老师(毫无根据地，我认定他也教英语)比我们的班主任辜老师长得还神气。

电影还没散场，我身边的三个座位一个接一个空了。我的三个"同谋犯"或者由于考试的威胁，或者良心的谴责，把决心坚持到底的我撂在一片惴惴然的黑暗之中。

　　在出口处，我和林老师悄悄对望了一眼。我撮起嘴唇，学吹一支电影里的小曲（其实我根本不会吹口哨，多少年苦练终是无用）。在那一瞬间，我觉得她一定觉得歉疚。为了寻找一条理由，她挽起他的手，走入人流中。

　　第二天我一觉醒来，天已大亮。老外婆舍不得开电灯，守着一盏捻小了的油灯打瞌睡，却不忍叫醒我起来早读。我跌足大呼，只好一路长跑，幸好离上课时间还有十分钟。

　　翻开书，眼前像骑自行车在最拥挤的中山路，脑子立即做出判断，哪儿人多，哪儿有空当可以穿行，自然而然有了选择。我先复习状语、定语、谓语这些最枯燥的难点，然后是背单词。上课铃响了，b-e-a-u-t-i-f-u-l，beautiful，美丽的。"起立！""坐下。"赶快，再背一个。老师讲话都没听见，全班至少有一半人嘴里像我一样咕噜咕噜。

　　考卷发下来，我发疯似的赶着写，趁刚才从书上复印到脑子里的字母还新鲜，把它们像活泼的鸭群全撵到纸上去。这期间，林老师在我身旁走动的次数比往常多，停留的时间似乎格外长。以致我和她，说不准谁先抗不住，就那样背过气去。

　　成绩发下来，你猜多少分？一百一十三分！真的，附加两题，每题十分，我全做出来了。虽 beautiful 这个单词还是错了，狠狠被扣了七分，从此我也把这个叛逃的单词狠狠揪住了。

　　那一天，别提走路时我的膝盖抬得有多高。

　　慢！

　　过几天是考后评卷，我那林老师先把我一通夸，然后要我到黑板示范，只答一题，我便像根木桩戳在讲台边不动了。她微笑着，惊讶地，仿佛真不明白似的，在五十双眼睛前面，把我刚刚得了全班第一名的考卷，重新逐条考过。你猜，重打的分数是多少？四十七分。

　　课后，林老师来教室门口等我，递给我成绩单，英语一栏上，仍然是叫人不敢正视的"优"。

　　她先说："你的强记能力，连我也自叹不如。以前，我在这一方面也是很受我的老师称赞的。"沉默了一会儿，只听见一群相思鸟在教室外的老榕树上幸灾乐祸。她又说："要是你总是这么糟蹋它，有一天，它也会疲累的。那时，你的脑子里还剩了些什么？"

　　还是那条林阴道，老师纤细的手沉甸甸地搁在我瘦小的肩上。她送我到公园

3

那个拐弯处，我不禁回头深深望了她一眼。星子正从她的身后川流成为夜空，最后她自己也成为一颗最亮的星星，在记忆的银河中，那是我的老师。

夜空中最亮的星子

◇赏析/冉彩虹

　　舒婷是我国当代著名女诗人。文章多处用了诗化的语言抒发她对中学时代学习生活的美好回忆。

　　起笔描绘了母校门口的环境，用比喻、夸张等修辞手法表现了中学时代丰富多彩、充满乐趣的生活。接着触景生情，由现实进入回忆的情景之中。

　　本文回忆的往事大致可分为三层：

　　第一层：泛写了初一时的学习生活，特别还重点强调那时"我"私下加的近十门课。"我自己也不知道，究竟是把读书当玩了，还是把玩当做读书"，这句话形象而精练地概括了"我"当时的状况。

　　第二层：特写了"我"星期天晚上看电影时巧遇林老师。"我"和林老师都违反了"校规"——除周末晚上，学生和老师都不许看电影。这个情节为后面林老师启发并开导"我"要勤奋学习埋下了伏笔。

　　第三层：着重写"我"虽然违反规定看电影，但靠临阵磨枪侥幸取得优异成绩，可过了几天却又忘了，只得了四十七分。林老师因势利导，对"我"进行教育和帮助，指引我应该如何发扬优点，克服缺点。

　　在文末作者发出感叹："星子正从她的身后川流成为夜空，最后她自己也成为一颗最亮的星星，在记忆的银河中，那是我的老师。"林老师就像一颗最亮的星星，照亮了"我"前进的人生道路。语短情深，含义隽永。

> 这经历让我学会了善待，善待生命，善待心灵，哪怕是一个幼小孩子的心灵。

点 石 成 金

◆文/张 桐

小时候，我特别淘气，父母为我操碎了心，我让那些痛心疾首的告诫左耳进右耳出。球场和足球对我的吸引力远胜于教室和书本。这样不知不觉就晃到了高三，一个"伟大"的变化开始了，我对女同学渐渐有了兴趣，有了好恶，学会了比较，还有了选择。

我喜欢我们班一个叫赵小纯的女同学。她漂亮文静，成绩好，从不在男生面前发嗲。别看我们男生有时也跟那些女生眉来眼去，内心深处却是瞧不起她们的。

我变得郁郁寡欢。因为我配不上她，人家成绩那么好。很快就传来了赵小纯即将被学校保送进天津南开大学的消息，可以想像我有多么绝望。这时离高考不到一百天了，我仍就这么不开心地"晃"着，让父母心急如焚！

一天下午，上自习课。我在语文练习本上信笔涂抹我纯洁的相思与无望的忧伤，我肯定那是自我背起书包上学以来写得最好最动情的一篇作文，我还傻头傻脑地提到了赵小纯的名字。还没有写完，有同学鬼打慌一般来喊我出去踢球。我揉了揉酸叽叽的鼻子就去了操场，练习本就随手塞进了抽屉。晚自习时，我找不到练习本了，一问，小组长搜去交给了科代表，科代表又交给了语文老师。我脑子"嗡"地一下，完了完了，一切都完了。

我提心吊胆，不知道后面有什么在等我，我猜想语文老师会把我的"杰作"交给教导主任，教导主任拿着这篇情书会绘声绘色地念给全班同学听——啊，如果是那样的话，我一定去自杀！

当惶惶不可终日的第三天,练习本发下来了,语文老师甚至没多看我一眼,下课了,我抓起本子跑到教室外的小树林里,翻开,还在!错别字和病句用红笔改过了,下面还有一段批语,是老师熟悉的笔迹:"文章写得不错,有真情实感,如果你能在大学里把它亲手交给那位女同学就好了!"末尾那个惊叹号像个炸弹在我心里"砰"地炸开,就在那一刻,"晃"了十八年的我醒了,那种感觉非常强烈,"刷"地一下,从头到脚,仿佛脱胎换骨。

我开始拼命了,为了一个目标,为了考上赵小纯即将就读的天津"南开"!

"浪子回头,浪子回头了哇!"老爸老妈高兴得热泪盈眶;老师们惊喜之余也投来赞赏的目光。我发现那些原来叫我头痛不已的习惯并不是太难改掉,我甚至还在解题的过程中感受到了种种从未体验过的乐趣,原来我也是可以这样优秀的呀!这发现让我欣喜不已。

随着考期的临近,我的成绩几乎是直线上升,老师们已经把我划入了有把握考进重点大学给学校增光添彩的优生之列,并额外地给我"开小灶"。看着仍在"大灶"上抢勺子的昔日狐朋狗友,我心里有一种异样的感觉,当时的我说不出来,现在我知道了,人和人就是如此拉开了距离,人生的轨迹就此画出了不同角度的抛物线。

而那个女同学赵小纯已成了远方一个隐隐约约的召唤,变得越来越模糊了。也许男人就是这样见异思迁吧。

结局是相当圆满的,我冲进了"南开"。但我再也没有向任何人提起这件事,虽然它在我人生旅途中如此重要,但以我青春年少的羞涩和自尊,还是打算把它埋在心底。我也没有去找赵小纯,她似乎和我的旧生活一起被深深地锁进了记忆里。

我只安安心心地读书,毕业后又考研,后来到南方工作。一晃就过了十年,我已结婚生子,家庭美满,事业有成。

一九九八年春节,我回家乡过年。几个高中同学打电话说要开个同学会,在那里,我又碰到了赵小纯,还有她清纯可爱的女儿。小女孩像极了少年时代的赵小纯,勾起我无限感慨,我也就毫无顾忌地讲了那件事。听得大家一惊一诧,最后齐声欢呼。

那位恩重如山的语文老师已于两年前病逝了。但我永远感激他在人生关键处给予我的指点。他保护并承认了我的初恋,还有他并不认为恋情萌动的孩子就不纯洁就不可造就的点石成金的教育智慧。这经历让我学会了善待,善待生命,善待心灵,哪怕是一个幼小孩子的心灵。

善待心灵

◇赏析／卢丽丽

　　一个属于花季雨季的年龄,对一切总是充满了幻想,充满了好奇。而爱情又总是那么的神奇美妙,它来无影去无踪,却总能激起人内心深处的情感,特别是处于青春期的少男少女。因此,初恋对于他们来说是神圣的,也是纯洁的。而作为这个年龄阶段的学生的老师怎样看待孩子们萌动的恋情呢?是阻止、扼杀,还是保护、承认?下面我们就来看看《点石成金》中的老师是怎样处理的。

　　一位特别淘气,让父母操碎了心,甚至在"大灶"上抢勺子的男学生喜欢上了班上一位漂亮文静,成绩好,并即将被保送到天津南开大学的女学生。由于自卑,这位男生便把一抹纯洁的相思与无望的忧伤以饱蘸深情的笔触写在了练习本上。由于他的疏忽,这个练习本被科代表收走当成作业交给了语文老师。这是一位高三的男生写的情书,这是一位差生对一位好学生的萌动恋情。此时,如果你是这位同学的老师,发现了这篇杰作之后,你会怎么办?也许,有的老师会像发现"新大陆"一样严惩这位男生,成绩差不说,高考之际还有闲情想学习以外的东西,并且可能认为他思想不纯洁,就此放弃了他,那么结局可想而知。而文中的语文老师却保护并承认了这位男同学的初恋,他以人性化的方式冷静地处理了这件事情。老师仅仅用一段简短的批语:"文章写得不错,有真情实感,如果你能在大学里把它亲手交给那位女同学就好了!"就激励了这位同学,使浪子回头,脱胎换骨,以超凡的力量冲进了"南开",从此在人生的轨迹上画出了不同角度的抛物线。

7

　　从这里,我们可以看出文中的语文老师是一位善良、聪明的人,他的一句话不仅仅是善待生命,善待心灵,哪怕是一个幼小孩子的心灵,而且更是改变了一个学生的一生。这位语文老师的善良、智慧永远是我们所追求的。如果我们每个人都能这样去面对类似的事情,那么点石成金的教育智慧将不是一个动人的传说。

如果是一朵花,就让它开在我心里,
谢在我心上,深埋在我心里……

牵心的眷恋

◆文/佚 名

8

　　出门的时候,才发现漫天飘起了细细的雪花,白白的,小小的,轻轻落在脸上。这种感觉,让我想起曾经有过的一份牵心的眷恋,冷得让人心痛。淡淡的忧伤,却很清凉……

　　那年,我进了一所重点高中。从那时起,我喜欢上了一首名叫《雪人》的歌,它优美的旋律和细腻的歌词,深深感动着我。

　　这一年很快过去,暑假后,我进入了高二。开学第二天就有政治课,上课铃响了,我还在低头看书,教室里一阵小小的骚动,我抬起头,走上讲台的是一位三十岁左右、风度翩翩的男老师。在众多惊奇的目光中,他很自然,没有自我介绍,没有开场白,直接开始讲课。我身后的男生小声告诉我,这是陈枫,政治组的王牌,历届学生公认的帅哥。

　　陈枫个子比较高,偏瘦,但很挺拔。他长得并不十分英俊,却有一种特别的魅力,尤其是他的眼睛,很大、很有神。他的微笑,透着恰如其分的高傲。

　　我从没听过如此精彩的政治课,陈枫不时联系当今社会经济发展提出独到见解,让人不得不佩服他思维的敏捷和知识面的广博。我愈发感到,陈枫出众的气质缘于他充分的自信心,自信而恰如其分。这一点让我欣赏。陈枫从我身边走过,我一抬眼,正接触到他的目光,那一瞬间,有一种心动的感觉忍也忍不住。这节课过得出奇的快,下课的时候,我竟有了一丝留恋。想起自己还有一道数学题要问老师,我去了办公室。陈枫站在办公桌旁,我径直走向数学老师,不敢再看陈枫,却听

见他说："这是苏檬吧？"我意外地抬起头："是的。"数学老师开始讲题了，我始终集中不了注意力，我听见陈枫轻声重复了一遍我的名字："苏——檬。"手指在桌上轻轻敲了敲。

以后的日子，我开始盼望政治课，对政治的兴趣也开始浓厚，我知道，这完全因为陈枫。很多次，我注视他，都会遇到他的目光，很深邃。我却无法坦然地迎接他的注视，飞快地把视线移开，做出若无其事的表情继续听课。我知道自己很不自然。我觉得陈枫的眼睛可以读懂一切。

我开始担心陈枫简单地以为我不过是又一个幼稚的女孩。果然，陈枫从没有叫我回答过问题，直到那本薄薄的点名册一页页被他翻完。我告诉自己不必在意，可心底还是漾起一丝丝的惆怅。

我开始感到苦恼。我不停地听《雪人》，已是冬天了，我觉得自己就像是冰天雪地里一个孤单的雪人，真的好冷。我知道自己好傻。

邻班一个男孩给我写信，说他喜欢我。那天放学我等到很晚，老师和同学都走了，在教学楼下，我和那男孩简单地说着话。男孩其实很害羞，当我委婉地拒绝他时，他的脸红了。我不想多说什么，于是说声 bye—bye 准备回家，一转身看见陈枫迎面走来。我一怔，喊了声："陈老师。"陈枫没有表情，他深深地看了我一眼，擦肩而过。我奇怪地有了一种胜利的感觉，我笑了。但这才发觉其实自己想哭。

政治测验成绩出来了，我是全班最高分。其他人都很惊讶，因为我过去从不在意政治，每回测验只刚刚及格。只有我自己明白，我几乎同时倾注了全部热情去学政治，仅仅是为了陈枫。想起《雪人》"……好冷，整个冬天在你家门 / Are you my snow man / 我痴痴、痴痴地等……"我苦苦地笑。

班主任董老师找我谈话。那天办公室只有两个人，陈枫在看书。董老师严肃地问我："据我了解，你和邻班一个男生在交往，是不是？"我一惊，这么久以来一直抑制住的泪水夺眶而出："我没有……"陈枫抬起了头。董老师语重心长："苏檬，你将来是要考名牌大学的，可别做错事耽误了学业啊！"我忍住眼泪一字一句地说："我不会那么做的，请您相信我。"董老师叹了口气，挥手让我回教室。转身时我含着泪看了一眼陈枫。那天我和男孩说完话遇见他，想起他那深深的一眼，一定是他说给董老师听的，我失望极了！

回到家，我大哭了一场，痛快淋漓。我告诉自己：苏檬，不要倾斜你感情的天平。我拿起梳子，把头发束成高高的马尾巴，心情顿时爽朗了许多。

第二天，最后一节课是政治。陈枫的目光扫过教室，他看到了我。我平淡地望着他，我觉察到他的眼神轻轻一颤。整整一节课，他的视线再没有移向我。下课了，陈枫走过来:"苏檬,请你到办公室来。"我缓缓地收拾书包,隐隐有些不安,不知他会说些什么。

"昨天在办公室,我听见了董老师和你的谈话,"他看着我,"我想有必要说明一点,我从没有向任何老师谈过你的情况,至于你怎么认为,我无所谓,但我希望你不要因为这件事影响自己的情绪。"他的眼睛坦然地直视着我,我这才发现自己并不了解陈枫。"陈老师……"不知该说什么,我觉得自己脸红了。陈枫微微一笑:"我相信你。"

终于明白了自己这份感情,陈枫,最初我以为自己仅仅是欣赏他的风度、才华和他的自信,但那份微妙的感觉一点一点浸入我的心,不知不觉中已凝成了淡不去的深深眷恋。我以为自己太幼稚,但陈枫的话让我释怀,甚至感受到一丝纤细的默契。纵使他很远,我也可以寄予一份默默的牵挂。淡淡的忧伤,很清凉。我想我应该快乐。日子平平淡淡地过去,我仍然常常听《雪人》,一遍遍地听,一遍遍地唱。政治课的时候,陈枫有时会走过我的身旁,那一刻,仿佛柔和的阳光洒在心上,暖暖的。

就这样,转眼已是高三,学期期末便是理科班政治结业的时候。又是冬天了,离期末越来越近。很早以前我就想过这天我会怎样的伤感,但真的到了,我却很平静。因为我想,陈枫会永远在我心里。细心挑选了一本留言册,只想留下他一个人的名字。当我把留言册递给陈枫,他随意地接过,和手中的书夹在一起,只轻轻说了声:"下晚自习到我办公室来拿。"

好不容易等到晚自习结束,我来到陈枫办公室门口,里面的灯在黑夜中显得格外明亮。陈枫正在看书,桌上放着我的留言册。他站了起来,把留言册递给我。我接的时候,无意中触到他的指尖,留言册极轻地一抖。"可以现在看吗?"我忍不住问。"随便吧。"陈枫开始整理桌上的书。

他写的是一首诗:"找一片心的牧场 / 尽情放逐你的理想 / 用歌声驱赶失落 / 用喜悦掩盖忧伤 / 纵然浪迹天涯 / 希望系在心上 / 海枯石烂 / 感觉不会流浪"。最后署着"你永远的朋友:陈枫"。

我哭了,才发觉这最朦胧的却也是最深刻的。

陈枫轻轻拍了拍我的肩:"坚强些,以后的路还很长。"

圣诞节到了,在迎新春晚会上,我唱了《雪人》:"雪,一片一片一片一片 / 拼出你我的缘分 / 我的爱因你而生 / 你的手摸出我的心疼 / 雪,一片一片一片一片 / 在天空静静缤纷 / 眼看春天就要来了 / 而我也将也将不再生存……"

台下响起热烈的掌声,我望见陈枫,他深深地看着我。我笑了,又泪流满面。

　　细细碎碎的雪花还在静静地飘着,我想起在一本书上看到的一句话:"如果是一朵花,就让它开在我心里,谢在我心上,深埋在我心里……"

开在心里的玫瑰

◇赏析／冉彩虹

　　这是一个关于朦胧爱情的故事。

　　故事中的主人公是一个高中的花季女孩,她在情窦初开的年纪,遇上了"三十岁左右,风度翩翩"的政治老师。女学生恋上迷人的男教师,这在文学作品中也曾出现过。可是《牵心的眷恋》还是给人耳目一新的感觉。作者那细腻的笔触、生动的心理描写,将女孩那复杂的心情描绘得十分真实、美丽,女孩那特有的敏感的心理也被展现了出来。她因老师"从没有叫我回答过问题,直到那本薄薄的点名册一页页被他翻完"就担心"陈枫简单地以为我不过是又一个幼稚的女孩",于是"心底还是漾起一丝丝的惆怅"。这一步一步的心理描写是如此自然流畅,是年轻人才有的激情与感动。

　　作品中另一位主人公陈枫老师也是文章的一个亮点。面对女学生的爱慕,他显得那么成熟、那么可靠,他没有生硬地拒绝,也没有轻意亵渎,而是处处维护学生的感情,并从各方面给予鼓励。理科班政治结业的时候,女孩自然是有万般不舍,表面的平静并不能掩盖她内心深处的波澜。这时,陈枫老师为她写了这首诗:"找一片心的牧场／尽情放逐你的理想／用歌声驱赶失落／用喜悦掩盖忧伤／纵然浪迹天涯／希望系在心上／海枯石烂／感觉不会流浪。"

　　这也许是最好的结局,女孩也释然了,她将这朵玫瑰珍藏在心中,将这段爱情埋在心中,让它们成为记忆中最美的一种怀念。

命运这厮，曾一度扼杀了我的活泼我的健康，尤其是，它也一度扼杀了我健康的奋斗精神，几乎要折断我理想的翅膀。

没读"Lame"的一课

◆文/胡子宏

　　自从两岁那年一场重感冒夺去了我健康的左腿，小儿麻痹症就开始成为我生活的羁绊。等终于能够靠拐杖支撑起自己的身体走路时，我又发现，身体的不适倒在其次，我一斜一歪的姿势常常引起小朋友乃至同学们对我有意无意的歧视。

　　我一天天地成长起来，我皮肤白皙，一袭黑发，我的双眸清澈明亮，我的笑容妩媚动人。可这些都是同学们说的，对于一个女孩子，有什么比缺乏苗条健全的双腿更痛苦的呢？我不敢穿裙子，不敢大步地走，甚至在雨天路滑时，我还要重拾起早在小学就扔掉的拐杖。我的体育成绩也是一塌糊涂——我怎么能比得上那些四肢健全的同学们呢？

　　好在我是一个勤奋的女孩，我的成绩在班里乃至全年级都是第一名。但这并不能消除我的自卑和别人对我的歧视，我心灵深处常常沮丧到极点，直到初三时，一节英语课改变了我几乎一生的心情——

　　那节课其实是很普通的一课，当时我任班里的学习委员，每篇课文我都要预习，凭借自己的勤奋，我早已将老师即将讲解的新课熟读许多遍了。可是那篇课文是讲一匹骆驼的——偏偏是一匹瘸骆驼，那个 lame (瘸子) 单词使我的心狂跳不已。我仿佛感到：自己高高的身躯偏偏摊了条瘸瘸的左腿，就像瘸骆驼。我不敢想像：王老师带领全班同学读 lame 的英语单词时，定会有许多同学把目光投向我这个"瘸骆驼"。我的心惊跳着，晚上睡觉前都淌出了痛苦的泪水……

　　令我胆战心惊的英语课终于来临了。预备铃刚刚响过，王老师就来到教室，镇

定地站在讲台上,未等班长喊"起立",王老师就说:"同学们,今天要讲新课,糟了,我忘记带备课本了,还有五分钟,来得及,学习委员、课代表,麻烦你们到我宿舍好吗?把我的备课本拿来……"

我和课代表王颖出了教室,去王老师的宿舍。王老师的宿舍很乱,我们找了好大一会儿,才在一堆书本中找到了他的备课本。

在回教室的路上,我的心怦怦地跳起来,lame,瘸子,等会儿,王老师肯定要读这个单词了,那么多同学肯定得嘲笑我。王颖拿着备课本,一言不发,我们又回到了教室。

王老师说了句谢谢,我们就回到座位上,我的脸热辣辣的,心狂跳不已。我记不起王老师讲了些什么,我的心在念叨着,lame,瘸子,我是瘸子。

王老师开始领读单词了,同学们很安静,读得很整齐,王老师的皮鞋踏在砖地上发出清脆的响声。单词一个个地读下去,王老师和同学们的声音洪亮,我闭上双眼心里在想,到 lame 了,到 lame 了……

王老师和同学们一遍遍地读生单词,除此,教室里没有其他的声音,没有我事先想像的哄笑。我慢慢地抬起头,打量着周围的同学,大家都在专心致志地跟王老师读单词,其他什么都没发生,慢慢地,我也张开口跟王老师朗读单词了。

但是,我发现,王老师没有读 lame,每一次他都跳过这个单词,似有意又似无意——

终于,难挨的一课结束了。王老师布置了作业,像平常一样,叮嘱我和课代表及时把同学们的作业送到他的办公室。

第二天的晨读课时,我的心又开始忐忑不安。晨读课上同学们都要读英语,还会有 lame 还会有瘸子。可是,那天的晨读课,同学们静悄悄的,没有一个人读英语单词和课文,没有一个人读 lame,读瘸子——

再上英语课的时候,我常常偷偷地凝视王老师,他那么英俊、高大,他还那么善良,尤其是他没有读 lame,读瘸子。从此,我的英语成绩牢牢地在年级中排在第一名,我开始穿裙子、跳猴皮筋。不仅如此,我每科成绩更加出色,甚至,在一节体育课上,我的掷铅球成绩排到了女生的第七位……

五年后,我顺利地考上了北京那所众所周知的大学。

又过了五年,在一次同学聚会上,我和丈夫遇到了也是夫妻成双的王颖。这时,我已是一所专科学校的英语老师,丈夫高大英俊,是一家化工厂的工程师。谈笑间,我们回忆起少年往事,不由得扯到王老师,我又想到那个 lame 单词。

王颖说:"你知道吗,那节课是王老师事先安排好的,他对我讲过,你的肢体残

13

废了,但关键是你的心灵也受到了打击,lame那个单词肯定会影响你的情绪。在我们去他宿舍取备课本的十分钟里,王老师领着同学们学了 lame,而且共同约定领读单词时不再读 lame,第二天晨读也不要读英语课文……"

呀,原来如此。我的泪水哗哗地流淌出来。lame—lame—,那节课的情景在我脑海里过了个遍。命运这厮,曾一度扼杀了我的活泼我的健康,尤其是,它也一度扼杀了我健康的奋斗精神,几乎要折断我理想的翅膀。是王老师,是那节课,那节使我终生难忘的英语课,使我在征服命运时没有摔倒,使我寻回了自信心,抛开了歧视和自卑。

那节课,嵌在生命深处,王老师教给我的不仅仅是知识,也赐给了我战胜不幸命运的人格力量。

爱赐予我的人格力量

◇赏析/卢丽丽

失落沮丧时,是谁在激励我们奋起?成功高兴时,是谁在默默地为我们祝福?需要关爱时,是谁伸出双手拉起我们?哭泣无助时,是谁在安慰我们受伤的心?或许,我们什么都可以忘记,但我们不应该忘记的是那份师生情。

《没读"Lame"的一课》讲述了"我"两岁那年因一场重感冒夺去了"我"健康的左腿,从此小儿麻痹症就成为"我"生活的羁绊。尽管同学们说"我"是一个聪明、漂亮的女孩子,但缺乏苗条健全的双腿却让"我"感到深深的自卑和别人对"我"的歧视,心灵深处也常常沮丧到极点。然而,初三的一节英语课却改变了"我"几乎一生的心情。

在讲解一匹瘸骆驼的课文时,王老师没有读"lame"(瘸子)单词,他每次都似有意又似无意地跳过这个单词。而为了这篇课文、这个单词心狂跳不已、胆颤心惊、忐忑不安的"我"因为没有一个同学读"lame"、读瘸子,因为没有人歧视,而渐渐地敞开了心扉。"我"开始穿裙子、跳猴皮筋,甚至体育成绩也有了明显的提高,并逐渐寻回了自信心,"顺利地考上了北京那所众所周知的大学"。

十年之后的一天,当"我"得知是王老师为了照顾"我"脆弱的心灵而特意事先安排好的时候,感激之泪不禁哗哗地流淌。感谢王老师,感谢那节使"我"终生难忘的英语课,它使"我"正视人生中的不幸,恢复了"我"的活泼"我"的健康;使"我"在

征服命运时没有被挫折和困难吓倒,振作了"我"健康的奋斗精神;使"我"抛开歧视和自卑,寻回了自信心,张开了"我"理想的翅膀。

　　同时,"我"也深刻认识到人生的成功、自信与乐观是最根本的。"路漫漫其修远兮,吾将上下而求索。"人生应该以自信为风帆,乐观为动力,才能达到成功的彼岸。生活本来就是一个丰富多彩的舞台,它需要自信乐观的演员。感谢王老师,不仅仅教给"我"知识,而且赐予"我"战胜不幸命运的人格力量,让"我"用自信和乐观去笑对人生。

> 所有人都表现得那么友善，静静地
> 为这个男孩当着额外的观众。

不必为勇敢道歉

◆文/徐明杰

为了迎接全国大学生英语演讲比赛，学校举行了一次预选赛。预选赛上高手云集，他们慷慨激昂的发言使整个比赛精彩纷呈，高潮迭起。然而并不是所有的参赛者都表现得光彩夺目，其中有一个男孩就出现了严重的失误。

可能是由于紧张，男孩上台时手有些发抖，他不时用眼睛观察评委老师们的面部表情，似乎想从中寻求一些鼓励和帮助。可以看出他在努力克制自己的情绪，但紧张就像挥之不去的烟雾，笼罩着这个第一次参加英语演讲的小伙子。其实，他悦耳的音色和耐人寻味的话题已经吸引了评委和全场的观众，但是就在这个时候，他因为紧张而忘词了。

那一瞬间整个世界仿佛都成了真空，原来滚瓜烂熟的稿子他居然一个字也想不起来。由于沉默时间太久，观众席中响起了嘘声。没有办法，他只有向评委老师请求再次开始。然而上帝和他开了个不大不小的玩笑，在同一个地方，他又忘词了。他无助地看着所有观众，脸憋得通红，可是最终他还是没有想起来该说的话，只有轻轻地道了一声"sorry"，默默地走下讲台。谁都可以想像出当时他有多么难过。

比赛没有因此受到什么影响，其他选手依旧慷慨陈词。只有那个男孩坐在选手席的角落里默默地翻着自己的稿子，就是这篇他修改了十几遍、倾注了他心血的讲稿，从此再不会被别人听到。也许是表现和参赛前对自己的期望反差太大，也许是男孩的自尊心太强，他的脸上写满了沮丧。

光阴难了师生情

　　不久，所有参赛选手都结束了发言，除了没有完成比赛的男孩，每位选手的得分都已公布。在一片热烈的气氛中，产生了代表学校参赛的三名选手，所有人都把掌声和羡慕的目光献给他们。此时，男孩的心情却沮丧到了极点，比起台上的成功者，他觉得自己像是出现在比赛中的跳梁小丑。那一刻，他告诉自己再不要参加这样的活动了，你根本不是这块材料。

　　这时，英语教研室的阎教授，一位备受同学爱戴的中年学者走上讲台对此次比赛进行总结。他称赞了胜出的同学，指出了其他选手需要改进的地方，并对大家的英语学习提出了更高的希望。这一切，男孩听起来是那么刺耳，他害怕阎教授会提到自己，他真想逃掉。

　　可是就在这时，他听到了这样的话语："在人的一生中，一些偶然因素经常让我们对自己失望，但是我们不能放弃希望。偶尔的缺憾和能力无关，它代表的只是经验的欠缺。我们总是把一次成败看得很重，但我们应该知道，我们还有很多机会。给予一个机会可以给失望的人一束阳光，抓住每一次机会，也许就能改变你的信念和生命。我的话讲完了，哪位同学有话要说么？"

　　男孩当然知道，此时该说话的正是自己。他抬起头，正碰到阎老师期待的目光。在所有人的注视下，男孩终于鼓足勇气站了起来，他用他最坚定的声音说："我对我的失误感到抱歉，但是我是否有机会再来一遍？"

17

　　"当然可以，而且你不用为自己的勇敢而道歉。"

　　所有人都表现得那么友善，静静地为这个男孩当着额外的观众。放下了一切包袱，这次男孩的表现真是太好了，那篇倾注了他几个星期心血的讲稿感动了每一个人。带着一份昂扬，他近乎完美地完成了演讲，整个过程中，观众不断地为他报以掌声。很多人对他以前的失误甚感惋惜。在结束的时候，男孩的眼睛有些湿润，他说："十几分钟前我还认为我的这篇讲稿不会再有任何一个听众，我也陷入自卑的低谷，但是现在我又重新找到了自信。而这一切都要感谢阎老师给予我的机会，感谢所有倾听我的朋友。"

　　其实那个男孩就是我。虽然那次我最终也没有参加全国比赛，但是我所获得的感悟让我终身受益。

再给自己一次机会

◇赏析／卢丽丽

18

耕耘中的汗水不一定就会浇灌出令人欣慰的金色收获,因为付出与得到的天平上会发生不尽如人意的失误;追求中的脚印不一定就会寻觅到万事如意的归宿,因为适得其反的弯路总要为初涉征途的陌生者铺垫上自我磨砺的基石。也许自己就只能是一个悲惨的不幸者,那么,我们何不再给自己一次机会,让理想成真呢!

一位男孩为了迎接全国大学生英语演讲比赛,第一次站在讲台上参加了学校举行的一次预选赛。可能是由于紧张,这位男孩出现了严重的失误,他两次演讲都在同一个地方忘词。最后只能轻轻地道一声"sorry",默默地走下讲台。然而阎老师的一番话却挽救了一颗失落、沮丧的灵魂。"给予一个机会可以给失望的人一束阳光,抓住每一次机会,也许就能改变你的信念和生命"。男孩因为有了老师的鼓励,终于鼓足了勇气站起来,带着一份昂扬,近乎完美地完成了演讲。是老师的一番话鼓励了这位男孩再给自己一次机会,从而重新找到了自信,并获得了终身受益的感悟。

庸人总以为"过了这村,就再没有这店"是千古绝唱,于是就只能在稍纵即逝的机遇旁唉声叹气、悲观失望;睿智者总相信"天生我材必有用,千金散尽还复来"的坚定与赤诚,于是就会在"山重水复疑无路,柳暗花明又一村"中体味到为人应有的珍重。摔倒了怕什么!爬起来拍净身上的尘土照样往前走!输了怕什么!关键是此时不搏何时搏?!再给自己一次机会吧!即使已有千万次的失败经历,这其中的千万次失意也许恰是自己获得真正如意的丰满阅历。谁不愿让成功之门大开,那么就请再给自己一次机会吧!

重要的不仅是成绩,还有品格。这是
我要给你们的特别奖励。

我 不 惭 愧

◆文/王 闯

19

那年我正读初一,新来的班主任是从县中学调来的宋老师,他还担任我们班
的英语课。

第一堂课,宋老师将一张偌大的字母表挂在黑板旁边的墙壁上,虽然是手写
的,但是,看起来一目了然。之后,他又在黑板上写了一遍,逐个教我们学。课堂纪
律很差,但他并不在意。也许在他看来,学习这几个字母,不必那么认真,但下课
时,他告诉我们:"学英语并不难,但做好一个人却不容易。"无疑,他是在指责我们
在课堂上对他不够敬重。

第二天上英语课,他发给我们每人一张白纸,要求我们按顺序默写那些学习
过的字母的大小写。他说此次测试成绩优异的同学将有特别的奖励。尔后,他就若
有所思地站在门前,眼望着门外出神。二十分钟后,他似乎醒过神来,立即收了卷
子,并很快阅完了。他拍拍手,轻松地宣布:"很好,除了有一个同学写错了三个字
母以外,其他的同学都是一百分,很高兴有这么多同学能够得到奖励。但是首先,
我不得不警告这个学生——王小东,请你站起来!"

王小东是一个一向沉默的男孩子,从来没有惹人注目过。此时,他站了起来,
两眼望着老师。

宋老师说道:"我实在想不通,这么简单的几个字母,全班的同学都会,而惟独
你一个人写错,你说惭愧不惭愧?"

王小东默不作声。同学们都幸灾乐祸地盯着他。

"你必须回答我!"宋老师一改先前的慈祥态度,透出一种近乎无情的威严,"惭愧还是不惭愧?"

"我不惭愧!"王小东轻声说,显然他已经做好了挨批评的准备,脸绷得紧紧的。

"居然不惭愧!那么,你凭什么不惭愧?难道大家错了,就你一个人是对的?"宋老师近乎歇斯底里地吼道,并一步一步向他逼近,脸上的表情让人捉摸不透。

我们不再幸灾乐祸了,心里都有些紧张,都为王小东捏着一把汗。

"我有理由,但我绝对不说,"王小东望着逼近自己的老师,眼里噙着泪水,"老师,我不会说的,如果你一定要逼我,我现在就离开学校。"他就势提起了书包。

沉默,短暂的沉默。我们看见宋老师朝王小东走去,一改刚才的暴怒,温和地说:"好吧,我不逼你,请你坐下吧!"

然后,他退回讲台,扫视着全班同学,语重心长地说:"学好英语并不难,但做好一个人却不容易。我并不急于知道你们的成绩,但很想知道你们的为人,所以才有了今天的这个测验。请大家再仔细地看我身后的字母表——你们以为我忘记摘下的字母表,它有一个不易察觉的错误。但是除了王小东外,你们都照抄不误。他虽然没有得到一百分,但他是一个诚实的人,所以他敢于说自己不惭愧。这种勇气十分难得。请大家牢记:重要的不仅是成绩,还有品格。这就是我要给你们的特别奖励。"

那一刻,全班四十五个同学,有四十四个低下了头,只有王小东没有。

特别的奖励

◇赏析/冯 磊

《我不惭愧》最大的特点就在于它的构思。作者善于埋下伏笔,给读者一种悬念,使读者读完全文之后才恍然大悟。细读全文,作者埋下了以下几处伏笔。

其一,"宋老师将一张偌大的字母表挂在黑板旁边的墙壁上,虽然是手写的,但是,看起来一目了然。"这为老师发现除了王小东外,同学们都照抄不误埋下了伏笔。

其二,"课堂纪律很差,但他并不在意。"这为老师教育学生"学好英语并不难,但做好一个人却不容易"埋下了伏笔。

其三，"他就若有所思地站在门前，眼望着门外出神。二十分钟后，他似乎醒过神来，立即收了卷子。"其实，老师是故意这样做的，其目的是为了测试同学们的为人。

其四，老师警告惟一写错的同学王小东，并训斥他是否感到惭愧。这为后文同学们都感到惭愧而埋下了伏笔。

一张偌大的字母表，犹如一块试金石，验出了四十五位同学的品格，读完本文后不禁催人深思。中国从来就是以分数代替素质。在应试教育的禁锢下，在老师追求升学率的重负下，在与同学攀比的高压下，学生弄虚作假，不诚实的现象是越来越严重了。感谢宋老师，给大家上了一堂别样的课，送给大家一份特别的奖励，教大家去做一个诚实的人。"重要的不仅是成绩，还有品格。"这就是读完本文后我们大家应该牢记的。

21

> 万一受人误解，应当坦荡荡以行为
> 表白，不要气恼，不要只感到委屈。

你莫哭呀——记中学的地理老师

◆ 文/琦 君

22

中学教我们地理的女老师，梳一个香蕉髻，脸一点儿也不绷紧，总是笑眯眯的。第一天上课时，她走进课堂，就在黑板上写了一个大大的"房"字，托了下玳瑁边的眼镜，对我们说："我姓房，房子的房，不是四方的方。这个姓太多，同学有没有跟我同一个姓的，请举手。"

没有人举手，大家都嘻嘻哈哈地笑，她摇摇手说："莫笑，莫大声笑，现在是上课时间哟。"她说的不是杭州话，口音有点像评剧里的道白，尾音拖得长长的。她告诉我们，她是湖南人，离浙江杭州好远好远呢。

她好和蔼，一副宽边大眼镜遮住了半张脸，鼻子圆圆的。圆鼻子的人一定是和气的，大家一下子就都喜欢她了。幸运的是，她正好是我们的级任导师，所以就格外感到亲切了。

我是班上最矮小也最胆怯的人，所以房老师对我照顾格外多，我也特别依赖她。那时我母亲还远在故乡，父亲对我十二分严厉，受了委屈就向房老师倾诉，她总是叫我低头祷告。她说："主耶稣会与我同住，什么懊恼都会消除。对人要爱，不要恨，就会快乐。"我说："我妈妈信佛，我要信佛。"她笑笑说："上帝也是佛，耶稣就是观音，只要有信仰就好。"她不像别的基督徒那样排斥其他宗教。她也不反对祭拜祖先，她说这是孝道，人不能忘本。她常带领我们祈祷，指引我们读《圣经》，使我们领悟很多。

我本来是最不喜欢地理的，由于房老师的细心教导，循循善诱，我对于原本感

到非常枯燥的地理课,也有了兴趣,好好地听讲、记笔记、画地图。房老师总是在黑板上一笔就画出一省的地图来,然后用绿粉笔画山脉,蓝粉笔画河流,白粉笔画铁路,再用红粉笔点出重要城市来,一个省份画得五彩缤纷,但也在我们脑海里留下鲜明印象。

有一次举行临时测验,记得是画陕西省的地图。我也学着房老师,一笔就画出陕西省的轮廓来,自己感到很得意,正仔细在上面画山脉河流等等呢,房老师走过来,看见我桌上摆着地理课本,我匆忙中忘了收进抽屉里。她拿起书翻了一下,马上把书和我画好的地图一起收去了,再拿一张白纸给我,轻声地说:"你再重画一张。"我立刻分辩:"房老师,我并没有翻书看,是我默画出来的。"她仍说:"你重画一张。"我心里好委屈,边画边掉眼泪,泪水纷纷落在纸上。房老师竟怀疑我偷看书,我最敬爱的老师竟以为我不诚实、考试作弊,我是多么冤枉、多么委屈啊!

地图画完,我就伏在桌上哭,房老师走过来拍拍我的头说:"你莫哭、莫哭,我相信你是个诚实的孩子。"她越说我越哭得伤心,全班同学都觉得我好奇怪,还以为我是故意撒娇呢。我真是越想越气,在下午自修课的时候,房老师来查堂,因为她是我们的级任导师,我一看见她,禁不住又哭起来。她立刻过来伏在我耳边,低声地说:"你莫哭!你莫哭呀,你哭得房老师好难过。"我抽抽噎噎地说:"老师,我们全班同学个个都诚诚实实,从来不作弊,您为什么怀疑我偷看地图,为什么要我重画一张?"我越说越激动,仿佛在家里所受的委屈,统统都发泄出来,觉得世界上没有一个人是真正了解我、相信我、爱我的。

房老师一声不响,只抚着我由我尽情地哭,哭够了,哭出了气,她才用她浓重的湖南话笑嘻嘻地对我说:"现在好了吧! 莫哭、莫再哭啰。"可是她并没有说:"是我不对,我不该怀疑你的。"所以在我心里,总有点不大愉快。

很久很久以后,我才渐渐明白,房老师并没有不对。是我不守规矩,没有在考试时把书放进抽屉,引她疑心。

这虽然是件小事,但由小可以见大。任何事都当依照规矩,不可疏漏,于疏漏中造成不可补救的错误或误解,那就追悔莫及了。

无论如何,我最敬爱的房老师是对的。她要我重画一张地图,就是给我一个表白的机会,并不是对我的不信任。她默默地抚慰着我,由我痛哭,正表示她的慈爱宽大。

她那一声声的"你莫哭啊"我一生都牢牢记得,也深深体会到,做人做事,只要诚诚恳恳,问心无愧就好。万 受人误解,应当坦荡荡以行为表白,不要气恼,不要只感到委屈。也就是房老师劝慰我的:"你莫哭呀!"

朴实无华的教师颂

◇赏析／冉彩虹

　　记得有人曾说过：怀旧的文章最忌言不由衷，浮夸做作，最为可贵的是恰如其分，朴实无华。《你莫哭呀》是一篇怀念旧时老师的文章，正是做到了这一点。

　　作者深爱着自己中学时的地理老师——房老师，但她并未因此而去将房老师的形象拔高，而是在老师平时的一言一行中挖掘老师的闪光点。她从记忆深处挑出了有关老师的几个镜头，这些镜头既没有轰轰烈烈的场景，也没有可歌可泣的业绩，全是普通的生活琐事，但一经作者用饱蘸热情、感激的文字表述出来，便显得感人至深、过目难忘。

　　第一个镜头是房老师第一天上课时的和蔼可亲，作者对房老师的第一印象是"她好和蔼，一副宽边大眼镜遮住了半张脸，鼻子圆圆的。圆鼻子的人一定是和气的，大家一下子就都喜欢她了"。笔调清丽脱俗，形象地再现了老师的音容笑貌。

　　第二个镜头是房老师对"我"的特殊照顾，让"班上最矮小也最胆怯"的"我"特别"依赖她"。

　　第三个镜头就是课堂上画地图的故事。表达了老师对"我"的严格要求和治学严谨的品质。这一段关于"我"被误解后的心理描写也很细腻，读来让人感叹不已。

　　以上三个镜头在内容上各有侧重，有详有略。纵观全文，通篇没有绮丽的词藻和过度的渲染，一切都是那样朴实、平易、从容，质朴的感情在平实的语言中缓缓流淌。

如果每个曾经受到伤害的孩子都能遇到罗妮那样的好老师，那么他们的人生也一定会美到极致！

星期一下午的素描

◆译/田祥玉

在我九岁的时候，母亲离开破产的父亲远嫁给了芝加哥的一位富商。事业婚姻接连受挫的父亲从此一蹶不振，我成了实实在在的弃儿。我几乎是在一夜之间长大，同时也认识到了这个世界的冰冷无情。

新到的班主任罗妮是一个二十岁的大姑娘，虽然她有一头瀑布似的黑发，笑容也很亲切，但我对她有种天生的抵触情绪：她的样子跟我妈妈太相似了！罗妮每次都以最大的宽容来对待我的反叛，我对此不屑一顾。

罗妮老师教我们"美国近代史演变"。除了我，好像所有人都认为她的课讲得棒极了，这些肤浅的同学，他们往往以貌取人。

记得三年级快结束时，有一天放学后，等我在街上闲逛够了回到家，罗妮老师正和我爸爸聊得开心。我对罗妮的讨厌突然变本加厉，冲过去就朝她怒吼："别在我爸爸面前胡说八道！"罗妮老师很尴尬地起身走后，父亲为此又狠批了我一顿。这更加增添了我对她的反感。

其实，我也知道不该去酒吧喝酒跳舞，不该逃课满世界瞎逛，没有一点淑女的样子，更不该把对妈妈的仇恨全部发泄在罗妮老师身上。但这些想法只是在我晚上独自躺在床上时才有。

四年级时，班上来了个叫汉姆的素描老师。他一头金黄的鬈发，穿一套花白的牛仔。简单地自我介绍后，汉姆老师转身在黑板上画了起来。三分钟后，他神秘地转过身，用深邃的眼睛看着我，全班的同学也一起把目光投向我。黑板上是一个歪着嘴巴嚼着口香糖,跷着二郎腿的女孩。汉姆老师画的是我,虽然同学们都发出了轻蔑的耻笑声,但我却很喜欢这幅画,那是真正的我!汉姆接下来说:"这个女孩很特别,有一种成熟的忧伤和纯真!"对于一个十二岁的女孩来说,被别人夸作特别和成熟是一件多么自豪的事情。

汉姆老师为我画的素描深深地留在了我的心里。我坚信,再也没有人比他更洞悉我。我决心好好学习素描。在汉姆老师的课堂上绝不捣乱,绝不逃课。

我买来大量的素描纸、铅笔,还有画夹,不分时间场合地学习素描。

其实,只要真正爱好一件事情,用心就会做得最好。我突然变成了素描迷,关注学校的每一场画展,省下零用钱买来很多素描指导书。虽然我的其他课程每次都是最后一名,但我的素描在班上已无人能比。汉姆老师很欣赏我,这也是我努力学习素描的重要原因。

我开始盼望周一下午素描课的到来;期待汉姆老师抱着大画夹走进教室;想像着他在讲台前站定打量教室一圈后将他深邃的目光投到我的身上;我深深陶醉于他每次轻轻扬起我的素描簿诡秘地宣布:"南希的素描又是最好!"

汉姆老师说过:"一个人一生只要成就某一方面的伟大,那他就是伟大的。"我对此深信不疑,我要为汉姆老师而成为伟大的素描画家。

然而,六月的一个下午,我却在一家商场发现了汉姆老师和罗妮老师在一起,他们亲热地牵着手。我绝望地跑回家,大哭了一场。为什么一切美好的东西都会被别人抢走,而我什么也没有?

第二天下午是罗妮老师的历史课,那天,她穿了条紧身的粉色毛线裙,幸福写满全身!我从抽屉里拿出一张大十六开白纸,削尖了红铅笔就开始在纸上画,我要把罗妮画成丑八怪:腰和臀部一样粗,胸部袒露在外,笑容恐怖……尽管罗妮老师身材高挑、眼睛美丽、嘴唇丰润而且笑容灿烂。画完后,我满意极了,用黑铅笔在下面写上"罗妮女巫"。我幸灾乐祸地抬起头,罗妮还在讲台上讲得很起劲呢。我又拿出心爱的蓝铅笔,在"女巫"右边开始认真地勾画:披肩的鬈发、深邃的眼睛……画完后,我自己都惊呆了:我对汉姆老师的样子竟然这么熟稔!我兴奋地在汉姆的画像上虔诚地写下"汉姆王子"。

再次抬起头,罗妮已经站在了我的身边,全班三十几双眼睛都盯着我。我低下头,无奈地摊开双手,"女巫和王子"轻轻地从我的桌子上飘到罗妮的手中。我相信这绝对是我的刑场。

"从来没见过这么好的素描!"我突然听见罗妮老师清脆的声音自前方响起。我抬起头,她正用赞赏的眼光看着我:"南希,你的素描真的很棒!能把自己画得这

么惟妙惟肖,证明你一定能成功!"同学们吵着要看我的"自画像",但罗妮老师却说:"我请汉姆老师给这幅画打分了再给你们看。"我无地自容,我把她画得那么丑,她居然还在同学们面前维护我的自尊。

星期一的素描课,汉姆老师举着一张大十六开的素描纸,再次把他深邃的眸子定格在我的脸上:"南希的素描又是最棒的!"同学们争先恐后地开始传阅那张素描。我看见了纸上的女孩双手插在裤兜里,头高高地昂着,微风将她的长发轻轻吹起,她的脸上充满幸福和自信。画像下写着"南希自画像"。汉姆老师大声地表扬道:"能把自己的样子画得如此深刻真实,还有什么事会难倒你?"教室里响起了热烈的掌声,我却将头埋得低低的。

后来,汉姆老师私下里夸我那幅自画像画得最好,我才明白,原来是罗妮老师为我画了画,并且什么都没跟汉姆讲。其实,最了解我最关心我的是我一直讨厌的罗妮老师……

多年后,我已是纽约有名的素描画家之一,罗妮老师为我画的那幅自画像一直在我身边。是的,十三岁的那个星期一下午,我终于重新认识了自己。我终于感到自己不再不幸也不再是一个人,而且,我知道了学好素描的同时也要学会做人,我要用成功去报答罗妮老师为我做的一切。如果每个曾经受到伤害的孩子都能遇到罗妮那样的好老师,那么他们的人生也一定会美到极致!

美丽的素描,师爱的线条

◇赏析/王书文

这篇文章颇具可读性。

一种巧合。"我"九岁时,母亲离开父亲远嫁异乡,而"新到的班主任罗妮是一个二十岁的大姑娘","但我对她有种天生的抵触情绪:她的样子跟我妈妈太相似了!"恨妈及师,这为后面的情节作了铺垫。

两次忌恨。第一次忌恨是在"罗妮老师正和我爸爸聊得开心"时,"我"吼她,骂她。第二次忌恨是"我却在一个商场发现了汉姆老师和罗妮老师在一起,他们还亲热地牵着手"。我最喜爱汉姆老师,看来,小女孩"吃醋"了。这增添了作品的喜剧效果,也更衬托了罗妮老师胸怀坦荡,深爱学生。

三幅素描。第一幅素描是汉姆老师画的"我",画出了"一种成熟的忧伤和纯真"，使"我"爱上并学会了素描。第二幅素描是"我"丑化罗妮老师，并题为"罗妮女巫"，但罗妮老师竟然赞道"从来没见过这么好的素描"，并为"我"遮丑说是"我"的"自画像"。第三幅素描更出人意料。真的是"我"的自画像，又被老师表扬，"教室里响起了热烈的掌声"。但是，这副"自画像"出自罗妮老师之手，是她赠"我""充满幸福和自信"的素描"自画像"，实则仍是鼓励"我"。从而也达到了先抑后扬，冰释前嫌的艺术效果。

红烛情深

红烛啊

流吧

你怎能不流呢

请将你的脂膏

不息地流向人间

培出慰藉的花儿

结成快乐的果子

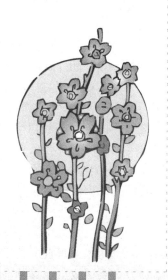

> 既然你们承诺，那就没有任何理由
> 做不到。因为作为一个人，最重要的就是
> faithful（诚实）。

难忘的那一课

◆文/须密密

30

　　能够成为吴青教授的学生是我在北京外国语大学最幸运的经历，而她授予我们的第一堂课更使我终身难忘。

　　我们的第一堂口语课排在三月二日，谁知三月一日，从报纸上一行冰冷的触目惊心的文字中，我们惊悉冰心老人与世长辞的噩耗。吴青老师还能照常给我们上课吗？早就听闻吴青老师与母亲感情甚笃，承受着刻骨切肤的丧母之痛，她是不会来了。

　　带着种种的猜测与疑惑，我们仍然准时坐在教室里。十一点整，一个娇小但挺拔的身影走进了教室，平静的面容，平静得让我们发现不了什么，惟有她左臂上的黑纱刺痛了我们的眼睛，刺痛了我们的心。

　　是她，是吴青老师！

　　刚才还有说话声的教室顿时鸦雀无声。吴青老师从容地微笑着环视了一下四周，开始自我介绍。她声若洪钟，字正腔圆，那流利而纯正的美国英语令我们一下子为之折服，钦羡不已。接着，她就上课纪律、教室卫生等向我们提了几点要求，然后缓缓问道："Can you promise（你们能承诺吗）？"我们齐声回答："I promise（我承诺）。"她用略带赞许的目光望着我们说："既然你们承诺，那就没有任何理由做不到。因为作为一个人，最重要的就是 faithful（诚实）。"

　　因为这学期口语采用了新课本，吴青老师对课本进行了详尽的介绍。生动活泼的形式，不经意间流露的幽默感感染了我们，于会心处她与我们一同爽朗地开怀大笑。听着她如同行云流水的讲述，我们几乎忘记了冰心老人的辞世。

介绍完课本,这堂课也临近尾声,吴青老师收敛起笑容,神色变得凝重起来:"大家都已知道了我母亲去世的消息,我绝不会因为母亲的离去而耽误工作,我们家的传统就是'人走了,但生活还是要继续'。当年我父亲吴文藻去世时也是如此。我母亲虔信'有了爱便有了一切',她热爱孩子,对青年人寄予厚望……"

透过朦胧了双眼的泪花,我仿佛看到冰心老人也站在我们的讲台上。这位老人非常平静地看待生死,曾说出"人间的葬礼是天上的婚筵"这般通透豁达、大彻大悟的话来,吴青老师能够把悲痛化为力量,不正源自她母亲的精神吗?

谈到动情处,吴青老师禁不住哽咽了,忽然间老师仿佛记起了什么似的,抬腕一看表,重又微笑着说:"这堂课结束了,刚刚一席话耽误了大家吃饭,对不起了。记住离开教室时随手关灯,下课。"

吴青老师走远了,可我们还是默默地坐在教室里,坐了很久很久。

生命之琴

◇赏析/卢丽丽

无论如何,我们要相信自己是一架琴。我们的价值,决定于我们在多大程度上解放自己,创造自己。我们的旋律,可以由自己的手把握;我们的基调,可以由自己的心制定。我们是平平淡淡,抑或是轰轰烈烈,只在于自己如何去选择;我们是停滞沉寂,抑或是奔腾呼啸,只在于自己怎样去作为。

谁都一样,无法回避失去亲人的痛苦;谁都一样,难以穿越时间和空间。但这一切,都不能成为停止展现我们自己的理由。吴青老师虽然承受着刻骨切肤的丧母之痛,但依然带着平静的面容走进教室。她面带笑容,声若洪钟,字正腔圆,那流利而纯正的美国英语令学生折服,钦羡不已。她生动活泼的授课形式,不经意间流露的幽默感,于会心处与学生一起爽朗地开怀大笑时时感染着学生,使学生几乎忘记了她的母亲冰心老人的辞世。吴青老师能够把悲痛化为力量,是源自于她母亲的精神:"人间的葬礼是天上的婚筵","有了爱便有了一切","人走了,但生活还是要继续"。

是的,虽然失去亲人,但生命之琴还是要继续。不管天有多高,海有多蓝,路有多远,生命之琴,总是可以凭借自身的音阶,去一步步逼近。高山流水,我们可以做到;浩然之气,我们可以做到;直至不朽的绝唱,我们也可以做到。

任何时候我们都要警醒自己,做一架流淌鲜活清纯声响的琴。做一架不断为众人增添美好的优秀的琴,吴青老师做到了!

这件事已经过去很久了，而那书里面透明的光辉却一直在照耀着我。

老师的旧书

◆ 文/佚 名

32

　　每当看到发黄的旧书,都会把我的思绪牵回中学时代,那段往事曾让我流过泪。

　　一天下午,我因去新华书店买一本海涅诗集上课迟到了。那节是语文课。我很害怕敲门,但我还是敲了。出乎意料的是我并没有挨罚,语文老师只默默地注视了我几秒钟,然后便让我回到了座位上。他讲得非常生动,同学们听得很专注。我由于读海涅诗集心切,看时机已到,便迅速地翻开诗集,读完《异国》读《春天》,读完《春天》读《水妖》……

　　"看的什么书? 让我看看行吗? "不知什么时候语文老师站在了我身边。

　　"完了! "我心里想。

　　我颓丧地把书递上去,等待着他把书毁掉。因为他从来都是把没收的书在同学们面前撕得粉碎。

　　"海涅诗集! 喜欢吗? "他柔和地问我。

　　"喜欢! "我大胆地回答。

　　"真的喜欢? "

　　"真的喜欢! "我感到他可能不会毁掉我的书,因为我看出他也喜欢这本书。

　　"喜欢,喜欢还在课堂上看? 对不起,你心疼去吧! "说完他便把书撕得粉碎,扔进纸篓里。

　　我顿时流泪了,仇视的目光透过泪水,狠狠地盯着他的背影。下课时,他走到我身边悄悄地说:"放学和我一起走,我记得咱们是同路,对吗? "

　　放学后,我想逃,可他在校门口等我呢,我只好规规矩矩地和他一起走。

到了他家,他对他的女儿说:"去把我那两本书拿来送给这位哥哥。"我感到非常惊讶,莫非他不批评我了。

不一会儿,他的女儿极不情愿地拿出了两本旧书放在桌子上,看着她的父亲,又瞪了我一眼便走开了。

他拿起那本褪了色的书,轻轻地抚了抚,又看了一会儿,然后递给我:"赔你两本旧的吧,也是海涅的,虽然旧了些,但我相信这发黄的纸里一样会有透明的光辉的。"他的表情很沉重。这时我才真正意识到了上课时的错误,我不想接受,可是他那诚恳而威严的目光让我不得不接受。

回到家里,我随意翻了一下这两本书,发现其中一本里面夹着一张纸条,上面歪歪斜斜地写着:"大哥哥,希望能向你的同学转告,以后不要在课堂上看课外书了,我爸爸每撕学生一本书,都要把自己的藏书还给学生一本,这是我家最后两本藏书了,是爷爷去世时留给爸爸的,爸爸很喜欢,希望你能珍惜。"

我的眼泪止不住地往外流。我慢慢地翻开灰暗的封皮,扉页的右下角清清楚楚地写着:"一九六○.三.二十五购。"

从那以后,再也没有同学在课堂上看课外书了。

这件事已经过去很久了,而那书里面透明的光辉却一直在照耀着我。

33

情节如波澜起伏,情意如湖水流淌

◇赏析／冉彩虹

读完《老师的旧书》,印象最为深刻的就是波澜起伏的情节。

作者首先写自己因买海涅诗集而上课迟到了,本以为要挨罚,可老师却"让我回到了座位";然后写"我"趁老师认真讲课,同学们专注听课时看起了海涅诗集,可被老师发现了,"我"想他一定会马上撕掉书,可他没有,还表露出喜欢这书的神情。这时,"我"以为他会还给"我"了。可偏偏事实又并非如此,他还是撕了"我"的书。这些情节真是扣人心弦,以为故事到此就画上了句号,可还没呢,老师又要"我"和他一起回家,他赔给了"我"两本旧的海涅诗集,让"我"很为诧异。回到家后才看到了夹在书里的纸条,是老师女儿写的,上面写着这两本书的来历及父亲赔书给学生的故事。文章在此也达到了一个高潮,一个情节的高潮,一个情感的高潮。

作者别具匠心,把老师关心学生、教育学生、爱护学生的情感全部聚集在赔给学生的"旧书"上。这两本旧书,以小见大,传达出老师对学生比山高、比海深的情意。

希望你们不靠老师弄虚作假就能挣
回足够的分数,让老师能把头抬起来,继
续要强下去。

老师的眼泪

◆文/杨旭辉

上高中的时候,我们班只是个普通班,比起学校里抽出的尖子生组成的六个实验班来说,考上大学的机会不多,因此除几个学习好的同学很努力外,我们大多数人都只是等着毕业混个文凭,然后找个工作。

班上的班主任兼英语老师是个刚从师范学院毕业的学生,他非常敬业,每日催着我们学习学习再学习,作业作业再作业。但是说归说,由于许多人抱着破罐子破摔的想法,所以我们的成绩仍然上不去,在全校各科考试中屡屡倒数。

直到高二的一次英语联考,张榜公布的我们班的成绩却破天荒地超过几个实验班的学生,这使我们接连兴奋了好几天。

发卷的时候到了,老师平静地把卷子发给我们。我们欣喜地看着自己几乎从没考过的高分,老师说:"请同学们自己计算一下分数。"数着数着,我的分竟比实际分数高出二十分,同学们也纷纷喊了起来,"老师,我们怎么多算了二十分",课堂上乱了起来。

老师把手摆了一下,班上静了下来。他沉重地说:"是的,我给每位同学都多加了二十分,这是我为自己的脸面也是为你们的脸面多加的二十分。老师拼命地教你们,就是希望你们为老师争口气,让老师不要在别的老师面前始终低着头,也希望你们不要在别的班的同学面前总是低着头。"

老师接着说:"我来自山村,我的父母都去得早,上中学时我曾连红薯土豆都吃不起;大学放暑假,我每天到建筑工地拉砖,曾因饥饿而晕倒。但我就是凭着一股

要强的精神上完了师范学院，生活教会了我在任何时候都不能服输。而你们只不过分在普通班就丧失了信心，我很替你们难过。"

这时候教室里安静极了，我和我的同学们都低下了头。老师继续说："我希望我的学生们也做要强的人，任何时候都不服输，现在还只是高二，离高考还有一年多的时间，努力还来得及，希望你们不靠老师弄虚作假就能挣回足够的分数，让老师能把头抬起来，继续要强下去。"

"同学们，拜托了！"说完，老师低下头，竟给我们深深地鞠了一躬。当他抬起头的时候，我们看到他的眼睛流出了泪水。

"老师。"班里的女生们都哭了起来，男生们的眼里也含满了泪水。

那一节课，我们什么也没有学，但一年后的高考，我们以普通班的身份夺得了全校高考第一名。据校长讲，这在学校的历史上是从未有过的。

我们每一个学生都记住了老师的眼泪。

催人奋进的眼泪

35

◇赏析／卢丽丽

人生在世，除了亲情、友情、爱情这三种情感之外，还有一种师生情。友情给你帮助，爱情给你浪漫，亲情给你温暖，只有师生情带给你的是感动。在你灰心、失落的时候，只有老师才能振作你的奋斗精神，也只有老师才能激起你展开理想的翅膀。

《老师的眼泪》向我们展现的正是一个感人的故事。刚从师范学院毕业就担任班主任的老师是非常敬业的，他希望自己的学生有出息，同时也希望通过自己的努力能够证明自己的价值。所以，对于即使是在考上大学的希望渺茫，许多人只是抱着破罐子破摔的想法的普通班，他也从来不放弃。在一次英语联考中，老师以给每位同学都多加了二十分为由给他们上了记忆深刻的一课。老师以自己为例鼓励学生要有一股要强、永不服输的精神，希望学生能够振作起来，寻回信心，为自己同时也为老师争口气。之后，老师低下头，竟给学生深深地鞠了一躬。当他抬起头的时候，学生分明看到了他的眼泪。老师的眼泪感动了每一个学生，激起了他们奋发向上的斗志，照亮了他们渴望知识、向往明天的心，改变了他们的命运。

当你读完《老师的眼泪》之后，你是否也像笔者一样想起了那些日夜为学生操心的老师们？你是否也会被你的老师所感动？也许我们不曾想到我们的老师有多伟大，但是当你被别人的故事感动时，别人也会被你的故事感动得掉下眼泪。

> 她真想告诉每一个人,自己的努力,
> 竟是可以给这么多人带来切实的快乐和
> 欣慰。

在爱里慢慢成长

◆文/安 宁

36

那一年她十五岁吧,读初三,小小的心里有极强的自尊,像妖娆的青春一样,来得猝不及防。

她是个温顺又寡言的女孩子。每天除了学习,几乎不会像其他女孩子一样,爱跟新来的年轻班主任聊天、开玩笑,甚至请他去吃门口小店里的冰淇淋。她看到他被花儿一样缤纷的女孩子们簇拥着的时候,心里除了细微的开心和向往,竟是没有丝毫的嫉妒。她知道父母弃了农村的家,跑到这个城市里来,边做没有什么保障的零工,边陪她读书,已属不易。还有姐姐,为了她的学费和父母的工作,勉强地和一个不喜欢的有权势的人订了亲,而且将婚期拖了又拖。除了最好的成绩,她知道自己再也没有什么能回报给他们。当然,她还要在放学后早早地回去,帮父母做做家务,也让他们不必为她的晚归而过分地担心。

所以每每看见班里那一大群着了鲜艳的彩衣的女孩子们,嘻嘻哈哈地从学校里蜂拥而出,去小吃街上买一袋瓜子,几根香肠,三两田螺,尔后边吃边消磨掉回家前的自由时间时,她也只是默默地看上片刻,转身便朝学校的后门走去。

她很欢喜学校有这样一个安静的后门,可以让她不被人注意地慢慢走回家去。出了朱红色的门,沿着沙子铺成的小路走上几十米,再绕过一个大水塘,七折八拐地途经十几户居民后,便到了她的家。家,也只是暂时租来的,是那种马上要被划入拆迁之列的瓦房。刚搬进来的时候,看到张开大嘴的墙缝,和出入自由的爬虫,她和妈妈都落了眼泪。是爸爸买了水泥和墙粉,一点点地给它穿上新衣;又在

院子里用红砖铺了一条整齐的小道,下雨的时候,可以不必泥泞。这样一个破败的民居,才陡然有了生气。她吃过晚饭趴在书桌上学习的时候,看到对面干净的墙壁上,被橘黄色的灯光打上去的父母略弯的身影,便会觉得温暖和感激。

可是这种温暖,她是不愿意拿出来与人分享的。只有无人打扰,它们才会在安静的角落里,慢慢地成长,且带给她淡紫色的温馨和优雅。

可是,这样的恬淡和自由,于她,是多么不易。常常有钦佩她成绩好的同学,为了更方便地向她学习,执意让她带着去认认家门。还有一些默默暗恋她的男孩,甚至会趁她不注意,放了学偷偷跟在她的后面,想通过这种方式,得到她的地址。每学期的家长会,亦是不容易逃掉的劫难。因为高高在上的成绩,老师常常会让她把父亲请来,给其他家长做如何教育子女的报告。这样的时候,她总是会撒谎。尽管她知道,其实父母多么希望能有这样一个机会,因为她而在人前骄傲地直起被生活重担压弯的脊背。

然而这一次,她却觉得再也没办法逃掉。除非,除非她转学或是读几乎没有什么升学希望的慢班。她借读的这个学校,是可以直升本校的高中部的。中考的时候会根据成绩分出快班和慢班。快班的学生,几乎无一例外地会在三年后考上全国一流的大学,所以能进快班,几乎是每一个学生的梦想。可是,每年的学费,亦是比慢班要贵出许多。

37

所以当领申请报快慢班的表格时,她犹豫了许久,终于还是在慢班一栏里,轻轻画了一个对号。

那天放学后,年轻的班主任便把她叫到了办公室。班主任是个极温和的人,有着友善又亲切的微笑。他像兄长一样拍拍她的肩,示意她坐下,又冲了一杯热茶递到她的因为慌乱而无处搁置的手中,这才开口问她:"这么好的成绩,为什么不报快班?是父母的意愿吗?用不用我去家访?"她低着头,看着杯口氤氲的热气,和一朵朵徐徐绽放开的茉莉花,竟是许久,才慌慌地摇头。杯子里的热茶,"哗"地一下子洒出来,烫红了她的手。积蓄了许久的泪,终于趁此"哗哗"地流了满脸。

班主任连声地向她说对不起。看天晚了,又执意要送她回家。她不知道怎样拒绝,只无声地退了几步,便使尽平生的力气道了声"再见",返身向学校的后门跑去。

那一晚,她躺在床上翻来覆去地想了许久,终于还是在第二天吃早饭的时候,把要报快慢班的事,和着母亲做的蛋炒饭,一起咽到了肚子里。

几天后班主任又将她叫到了办公室,给她看一份盖了学校红红印章的通知。上面说中考前三名的学生,学校给予免掉所有学杂费的奖励。尔后,班主任呵呵笑着说："快班也是免，慢班也是免，你有这个把握为何不报快班，这样就不会吃亏了噢！"她第一次抬起微红的脸，笑望着自己的老师，重重地点了点头。

三个月拼命的努力，终于换来了第一名的成绩。全校表彰大会上，要请她的父母代表家长讲话。这次她是飞快地跑回家将这个消息告诉父母的，又坚持着要用自己节省下来的学费给全家都做套新衣服。父亲听了没有像往常那样因为这不必要的开支而犹豫不决，而是很爽快地就带全家去裁了新衣。

开会的时候，她与班主任并肩坐在主席台上，看着话筒旁一身西装的父亲，由于激动而酡红的面颊，像是喝了几两好酒，幸福藏也藏不住。身旁的班主任，亦是一脸兜不住的骄傲和开怀。那一刻，她的心里，再也没有昔日因为自己的贫寒，而蓄积起的自卑和自怜。她真想告诉每一个人，自己的努力，竟是可以给这么多人带来切实的快乐和欣慰。

她是在三年之后考上她理想中的大学的时候，才知道那个盖了红色印章的通知，是班主任一个善意的欺骗。三年的学费，亦是他，一次次地替她交上的。

可是那时候的她，并没有因此而有过分的惆怅和自卑。因为她早已能够正视自己的贫穷，并且真正地意识到，有如许多的爱助她慢慢走过这段自尊与自卑无限滋长的岁月，其实是一种多么值得她用一生去感恩的美好和幸福啊。

那个女孩，就是年少时的我。

幸福像花儿一样

◇赏析／冉彩虹

一个平淡的故事，两个平凡的人物，一个善意的欺骗，一种真挚的情感，成就了美文《在爱里慢慢成长》。

简单的故事蕴含着深沉的感情，作品没有华丽优美的词藻，但其间的叙述却描述出了一幅爱的画面。生活中总会有各种各样的困难和羁绊，就如文中的主人公，家境的贫困使得她不能够和其他女孩子一样："嘻嘻哈哈地从学校里蜂拥而出，去小吃街上买一袋瓜子，几根香肠，三两田螺，尔后边吃边消磨掉回家前的自由时间"，而只能从学校的后门走回那个暂时租来的，已被划入拆迁之列的家；家庭的贫困也使成绩优秀的她不能够读学费很高的快班，而只能选择慢班。

故事读到这，真让我感觉到遗憾，难道她真要选择慢班吗？这对她是多么的

不公平呀,同时也是一个很大的损失……我迫不及待地读下去,悬着的心终于落下了,因为年轻的班主任已经将这个问题解决了。班主任说:"中考前三名的学生,学校给予免掉所有学杂费的奖励。"于是她得以进快班,得以通过"三个月拼命的努力,终于换来了第一名的成绩"。而且在"三年之后考上她理想中的大学"。

可是也正是在她考上大学的时候,她才知道三年前年轻的班主任曾给了她一个很大的谎言,一个善意的欺骗,这三年的学费,是班主任一次次替她交上的。真相大白,如此的心意,如此的恩情已不是一个谢字能够表达的。

感激埋在心间,幸福藏在心里。在以后的人生之路,相信她会越走越平坦、愈行愈光明!

39

> 听了老师的话,我深深地感动了,王老师是那么地体谅别人,虽然我感受不到父母的爱,但却感受到老师的爱。

我没有被爱抛弃

◆ 文/闫晓东

爸妈不负责任的结合造就了一个我,也许一生到世上,我就是个多余的人。太多太多的因素造成了我忧郁的性格,我对周围的一切反应是平淡的。直到那一刻,直到遇到王老师的那一刻,才深深地改变了我,改变了我对人生的看法。

爸爸妈妈之间没有真感情,只是由于"文革"的因素,使他们无法去选择。最后妈妈跟定了爸爸,而爸爸跟妈妈在一起,只是为了续香火而已。姐姐和我的出生,没给他们带来多大的欣喜,相反,因为家庭生活的琐碎和贫困,吵架成了家常便饭。爸爸整天去做苦工,没有文化的妈妈只有天天在门前卖雪糕。他们没有多少时间来管教我和姐姐,尽管这样,那点微薄的收入也只能勉强糊口。在这种没有多少爱的日子里,我和姐姐一天天地长大。

在姐姐以优异的成绩考入重点职高的时候,爸爸妈妈却拿不出钱来,妈妈无奈地说:"娃儿,别念了,咱家供不起。再说一个女娃上学能有什么出息……"姐姐"哇"的一声哭了出来,她哭得那样的伤心,我怎么劝也劝不好。当时我并不明白她为什么哭,不念书不是很好吗? 这一直是我那时的想法,可后来我知道我错了。姐姐当天晚上狠心扯坏了那张录取通知书,也许是太伤心了,她整整哭了一个晚上。第二天,她向姑姑借了五十元钱,南下打工去了。

从小就把姐姐作为依靠,如今姐姐走了,我都不知道自己该怎么办。妈妈的雪糕生意并不好,于是她收了摊去做缝纫工,爸爸呢? 由于身体过度劳累,干不了太重的活,就只有在家养病。对于爸爸妈妈,我没有太深的感情,而对于一直疼我的姐

姐，我却有深深的感情。还记得姐姐临走时哭着留了一句话："东东，好好念书，长大后姐供你。"可我却没有念好我的书，爸妈为了生活的奔波而忽视了我的存在，我成了一只没有人管的孤鸟，与班上那些不三不四的人打成了一片，成了铁哥儿们，学习更是一落千丈。日子悄无声息地过去，我已经成了半个江湖人士了。直到有一天，当我因打架斗殴而被警察戴上手铐时，爸妈才知道我已陷得太深了。他俩东挪西借，借了整整三天，终于借够了保释我的钱，当他俩把钱交给派出所时，我已被派出所关了整整三天，在这三天里，我尝尽了人间的冷漠与痛苦，我已经麻木了。当我不负责任地向这个世界挥手再见时，眼里甚至没流一滴泪。

当我渐渐地睁开双眼时，才发觉自己还活在这个世上，几天前吞服安眠药的功效已悉数瓦解。面对着日渐衰老的父母，我并没有感到太多的安慰，他们一味地指责我，一味地互相埋怨对方，这时我突然感到，在这个没有爱的家庭里，还有什么值得我留恋的呢？我多想说一声："妈妈，爸爸，你们在乎过姐姐的感受吗？你们在乎过我的感受吗？"可我没说出口，始终没说出口。

41

我出院了，但也转学了，原因是原来的老师说，像你这样的学生只会给班级抹黑，还不如趁早滚蛋。无奈，我转到了四中。新的班主任姓王，是一位和蔼的中年女教师，她给我的第一感觉就是似曾相识，有一种说不出的亲近感。我在王老师的带领下，走进了她教的班，在刚开始的一段日子里，我不爱说话，以前的痛苦经历提醒我不要再犯错误。但是每当看见同学们在一起打闹嬉戏的时候，心里就很难过，常常一个人偷偷地哭。慈祥的王老师发觉我很不合群，就在学习上、生活上照顾我，她经常把我叫到办公室谈心，谈生活上的问题、谈学习上的问题。在课堂上，她总是提问我，下课时也经常带着我和同学们一起玩。我孤僻的性格有了一点儿改观，开始主动地和同学们接触。

我主动地帮助同学，在和同学们相处的过程中找到许多快乐，我才发觉原来这个世界是这么可爱，但我依然不能完完全全摆脱家庭经济的危机和自己的过错，我总觉得自己是一个罪人，不能完完全全地融入这个大而善良的集体，可是王老师那博大的爱感动了我，使我感受到了这世间的真爱。

在我因腰椎炎住进医院时，王老师给了我深深的鼓励，当她得知我家交不起医药费时，便对我说她家有这种药，并及时给我带来了药。在老师的鼓励和帮助下，我很快好了起来，在我重新回到学校上课时，才知道药是老师花了近两个月的工资买的，我一时感动得不知所措……

为了报答老师，我发愤地学习，成绩突飞猛进，进入了班级"三甲"。当我把我的过去经历告诉王老师时，我满以为她会很惊奇，可她却平静地让我体谅父母的不易,体谅父母那名存实亡的婚姻,体谅父母对我的爱,并让我不要让过去成为绊脚石,要正确对待自己,勇敢面对将来。听了老师的话,我深深地感动了,王老师是那么的体谅别人,虽然我感受不到父母的爱,但却感受到老师的爱。我明白了,我并没有被爱抛弃,为了不辜负老师对我的期望,我会更好地学习。

在我以优秀的成绩考上高中时,我才知道,王老师不知为我垫付了多少补课费……

在人生的十字路口我茫然不知所向时,是王老师给我指明了道路;在我以为我被爱抛弃的时候,是王老师用她那博大的爱感化了我,让我感到了爱的温暖。王老师,您的一生中,一切都为了自己的学生;您的一生中,也只有学生。

深深地说一声,祝福您,用我的心。

感人心者，爱也

◇赏析／卢丽丽

43

花季雨季是个冲动的季节，也是一个容易让人感动的季节。有时因为冲动而走上了犯罪的道路，有时也因为心灵被感动而情感受到震撼。

《我没有被爱抛弃》以细腻的笔触叙述了"我"的成长过程。由于爸爸妈妈之间没有真感情，吵架便成了家常便饭。他们为了生活奔波，而常常忽视"我"的存在。当惟一依靠的姐姐因为家庭的贫困不得不辍学去南下打工的时候，"我"便成了一只没有人管的孤鸟。因为打架斗殴，"我"在派出所被关了三天，因为尝尽了人间的冷漠与痛苦，"我"自杀过。然而，在一个无爱的家庭里，死过一次的"我"对生命仍没有什么留恋。

这是一个出生在不幸家庭中的不幸的孩子。然而，他又是幸运的，因为在人生的十字路口，他碰到了一位充满爱心的老师。

"我"出院转到了四中。新的班主任王老师不仅在学习、生活上给予了"我"无微不至的关怀，而且经常找"我"谈心，使"我"孤僻的性格有了改观。是王老师那无私的爱感动了"我"，使"我"感受到了世间的真爱；是王老师那博大的爱感化了"我"，让"我"体谅到了父母的不易，父母的爱，让"我"能正确对待自己，勇敢面对未来；是王老师那深沉的爱唤醒了"我"，使"我"发愤地学习，并以优秀的成绩考上了高中，从此改写了生命的篇章。

由"麻木"到"温暖"，是谁感化了那颗冰冷的心？是那位慈祥的、充满爱心的王老师。她用爱温暖了一颗麻木的心，她用爱感动了一颗年少无知的心。

本文富含哲理，教育我们要学会感恩，学会爱。只有学会感恩，学会爱，才能让我们麻木的心变得温暖起来。

但我希望，真心地希望，到那时，你们还会记得有一位异国老师曾怎样地请求你们做一个诚实的人……

她跪下了左腿

◆文/泰 彤

"作为一名教师，我没有想到我的学生们会用作弊这种手段来欺骗我，来欺骗你们自己，你们的学业。作弊对我来说从来都是一种耻辱，尤其当我来到异国成为一名教师时。我宁愿我的学生从我的课上只学到诚实。所以，凭我的心，我请求我的学生再也不要作弊，再也不要欺骗。"

当二十四岁的 R 面向我们七十六位中国大学生跪下她的左腿时，整个课堂一片寂静，虚空一样的寂静。然而我却分明清晰地听到了七十六颗心脏以怎样的速度跳动，听到了七十六个躯体里血的河流以怎样的速度奔涌，听到了七十六个灵魂在如何地吼叫却没有一个勇敢地站出来表白。

R 曾在美国获大学政治学学士和商业金融管理的硕士学位，在美国她是一个有着丰厚收入的银行职员，而她却选择了"英语学会"这个使世界人民学习英语的组织，她想把到异国去传播英语知识作一抹优美的华彩涂在人生的第二十四个年轮上。如今，她终于如愿地站在了 M 大学的讲台上，迎接新的挑战。

这块崭新的领域对 R 充满着神奇与幻想，她尽情地享受这里美妙的阳光。每天下午，在喧闹的操场上，你总可以看到一个金发碧眼的高个姑娘，那么认真地锻炼着，脸上始终挂着微笑。生活中的她永远那么活泼，可亲，充满活力，而她周围的同学则无形中多了一个练习口语的伙伴。

然而，这一次她失望了。

三次讲座一次测验。仅有的几张讲义上几乎印下了所有要点，任何一位学生

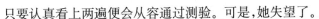

只要认真看上两遍便会从容通过测验。可是,她失望了。

R 和另外两位外籍教师一起找到了系里,讲述了学生们作弊的情况。很多人为这次考试作了"准备"——纸条小抄、桌上的记号以及她们大概永远也搞不懂的手势。

三位异国女性愤怒了,她们要求重新考试。

"法不责众",传统的中国法则使系主任为难了。两个小时艰难的讨论后,惩罚全体降分二十分。

于是,当 R 再次登上讲台,她放下了讲义。她对自己的职责似乎有了更深的理解。

当那双碧蓝深邃的眼睛再一次扫过整个课堂时,那里仍是一片沉寂,只有她响亮坚定的声音仍在回响:

"我知道分数对于学生的重要性,知道你们需要一个高分去获得更好的工作,但我不明白,如果你们没有真正的才识,如何去维系这种生活……"

"我亲爱的同学们,二十年、十年或许更短的时间以后,我,一名外籍教师所讲的知识或许都会成为流水从你们的记忆中流走,我不会遗憾,但我希望,真心地希望,到那时,你们还会记得有一位异国老师曾怎样地请求你们做一个诚实的人……"

R 的一只膝盖抵着地,嘴唇仍在颤动着,而我好像什么也没听见,只有一个声音在夜空中震荡:

"The most important thing is to be honest!"

(最重要的事情是诚实。)

我知道,它会铭刻在我心中,铭刻在七十六颗心中。永远,永远。

刻骨铭心的教训

◇赏析/宋安琪

对于考试作弊的学生,作为一名教师可能会对其进行真诚的劝告、严厉的惩罚,然而极少有老师会给作弊的学生下跪,去请求他们做一个诚实的人。也许我们会因为老师的一句关怀、一个微笑、一滴眼泪而感动,然而老师给学生的一跪带给我们的不仅仅是感动,更多是心灵的震撼。

曾在美国获得大学政治学学士和商业金融管理的硕士学位,在银行有着丰厚收入的 R,却选择了作一名教师。她带着一种到异国去传播英语知识的神圣感和自豪感,充满着对崭新领域的神奇与幻想,来到中国,站在 M 大学的讲台上,迎接新的挑战。然而三次讲座之后的一次测验却令她大失所望,学生们作弊情况格外严重。三名外籍教师愤怒了,要求重新考试。然而"法不责众",她们难以与传统的中国法则相抗衡。面对这份神圣的职业,R 似乎有了更深的理解。作为一名教师,不仅仅是向她的学生传播知识,更重要的是教会他们怎样去做人。于是,二十四岁的她向七十六位中国大学生跪下了她的左腿,去恳求她的学生再也不要作弊,再也不要欺骗,真心希望他们做一个诚实的人。

　　一位外籍教师向中国学生下跪,留给我们的不仅仅是刻骨铭心的教训,更应该引起每一位教育工作者和每一位学生的反思。

> 老师的眼睛会说话，我们能读懂老师的目光，这一切都缘于一份浓浓的师生情。

老师对我说

◆文/佚 名

李致远先生是我文学上的启蒙老师。

一九三五年，火一样酷热的汉口之夏。我在长江边上那个繁华的城市里，读完了小学的最后一个学期，考试结束，学校特地为应届毕业生安排了一次小小的欢送会。

欢送会设在校舍底层的一间乒乓室里：室内屋顶低矮，如同地下室，整个屋子就显得更长，从图书室临时搬来的几张长桌排成一字形，桌子上整整齐齐地摆满了糕点瓜子和汽水之类。屋子里异乎寻常地安静，全班四十四个同学之间都谦让有礼，连说话的声音都低低的；是的，对所有被欢送的小学毕业生来说，这是一个庄严的时刻，谁都珍惜这依依惜别的茶话会。

我们的级任老师李致远先生不知是什么时候进入屋内的，因为我们听见熟悉的咳嗽声。他大概三十岁左右，看起来倒像年近四十。有的同学说他当了那么多年小学教员，天天站在黑板前，吸了太多的粉笔灰，因此得了肺痨；这种病在那个年代是不治之症。他脸色阴郁，戴着一副老式玳瑁边深度近视眼镜，透过厚厚的镜片，那两只眼睛总是神经质地睁得大大的，好像随时随地都要拍案而起大声疾呼的样子。只是在几声咳嗽过后，眼睛里那一缕升腾的火焰似乎又熄灭下去了，我是从另一个大城市转学到那个学校的，而且也只读了半年就毕业了。担任国文课的李先生也就是级任老师，说实话，我当小学生时的作文成绩一直是很差劲的。有一回还得到某老师触目的红色笔批语："文不对题！"颇有大喝一声以示训诫之意。不过这并不影响我对文学的爱好，开始我随同可爱的木偶皮诺曹经历了种种奇遇，旋即又钻进《水浒传》、《三国演义》和《西游记》迷人的世界里。到了李先生的课堂上，我不胜奇怪，从第一堂作文直到期终的毕业考试，仿佛一次又一次的奇遇，我的作文忽然都变得优秀起来，几乎每一篇都名列第一。有几次，李先生还在课堂上当众朗读我的作文，有时还即席讲述一番，详细分析为什么要加以赞扬的原因，这时他那瘦削的脸上就泛起亢奋的红光，倘有用辞不当之处也必定加以指正。凡是他批改过的作文即使一个错误的标点符号，在他深度的近视眼下也绝不会放过，他于是稍稍停顿片刻，就向我投来逼人的眼光。那闪闪发光的视线里既有严格的要求，也有热烈的期望。他无声的话比说出来的要多得多，末了总是一阵呛咳，朗读也到此中止了。这实在使我又感动又难过。

在李先生的教诲和鼓舞下，就这样结束了我的小学时代，现在一转眼就要离别了，半年来课堂上的情景又历历在目。

一阵掌声，我从深思中抬起头来。

简单的欢送仪式举行过后，在铺着洁白台布的一字形长桌尽头，李先生侧身站在身旁。还没有开口，他用手帕掩着嘴咳了一会儿，随后以他锐利的眼光扫视全场。我想，只有一颗真正火热的心，才能隔着厚厚的镜片闪射那样炽热的光芒。"哦，毕业了。"李先生说了几句贺词，停停，他又讲下去，几乎变成愤激的大声呐喊："鲁迅先生说过，其实地上本没有路，走的人多了，也便成了路，同学们！你们往后走哪条路，由你们选择，可是千万别重蹈覆辙，再踏上前人走过的那条自取灭亡的绝路！不！你们要去闯出一条崭新的路，去，去吧，去走新的路！"

听起来声音有点古怪。这临别赠言有若沉闷的黑夜里爆出一声惊雷，全场同学无不为之愕然。李先生过于激动，慢慢坐下来，呛咳着。我近旁一个女同学埋下头去，一缕长发云彩般落在肩头。她闭上眼睛，泪珠滚落在她苍白的脸上。

我即将离开那个城市。出发远行以前，同那个女同学最后一次看望李先生，他目光炯炯，紧紧拉着我们的手，说以后要多给他去信。沉默半晌，他忽然从杂乱无章的书架上，随手抽出一本墨绿色封面的书，认真地写上给某某同学留念的字样。这是我第一次看到的一本美丽的书，一九三一年间陈梦家编选的一本诗选，其中包括闻一多几首著名的诗作。

那一年秋天风雨如晦，我又回到上海读初中。过了不久，听说李致远先生的病终于不治，溘然长逝，身后萧条，只留下一堆不值几块大洋的文学书刊而已。他是旧时代一个默默无闻的小学教员，他在平凡的岗位上，耗尽了他全部的光和热。我引以为憾的是没有照他的嘱咐，给他写过一次信；可是在那个多雪的冬天里，写下了我的第一篇散文，那篇文章发表时用了一个有纪念意义的题目：《路》。

炯炯目光，闪烁期望

◇赏析／胡从登

这是一篇回忆性散文，回忆的是李政远——"我"的启蒙老师在小学毕业欢送会上的一席话，以及半年来李先生对"我"的教诲和鼓舞……这一切对"我"来说受益匪浅，终生难忘。特别是李先生那双闪烁着炽热光芒的眼睛，让我们读出了老师对学生的严格要求和热烈的期望。

眼睛是心灵的窗口。炯炯的目光，闪烁着思想的光芒。《老师对我说》一文的作者多次扣住李老师的特定的目光来表达老师的情感与思想，收到了"此时无声胜有声"的艺术效果。

49

"他脸色阴郁，戴着一副老式玳瑁边深度近视眼镜，透过厚厚的镜片，那两只眼睛总是神经质地睁得大大的，好像随时随地要拍案而起大声疾呼的样子。"这是欢送会前的眼神的描绘，"睁得大大的"读出了老师内心有很多的话要对我们说；面对"我"作文中的细小错误他会"向我投来逼人的眼光"，看出老师的严格要求与热切的期望；毕业晚会上，"他锐利的眼光扫视全场"，"锐利的眼光"折射出老师一颗炽热的心；临别时"我"和另一个女同学去看望李先生，"他目光炯炯，紧紧拉着我们的手，说以后要多给他写信。""目光炯炯"反映了老师那份惜别之情以及饱含无数对"我"祝福的话语。

老师的眼睛会说话，我们能读懂老师的目光，这一切都缘于一份浓浓的师生情。

正是那一次课,让她们明白了"什么
叫做敬业"、"什么叫做认真"等等那些曾
无数次空泛地谈论过的大道理。

那一课叫敬业

◆文/佚 名

所有的考试都结束了,校园里开始弥漫浓浓的离别气息。再有十几天,同学们
就要挥手告别大学了。

这一天,辅导员通知同学们——《训诂学》老教授要在周六给选修这门课的同
学,补一次因他生病住院时拉下的课。

同学们立刻意见纷纷——都什么时候了,大家考试都及格了,谁还有心情去
补课?再说了,那选修课少上一次又有什么大不了的……

周六,进修《训诂学》的三十多名学生中,只有三位女生去了教室。其实,她们
也并非是有意去给老教授捧场的,她们忘了补课的事,原本是打算到安静的教室
里聊聊天的。

老教授准时走进教室,看到只有三个没带教材的女学生,他猛地一愣,俯身问
明原因后,他微笑着环视了一下空阔的教室,清清嗓子,响亮地喊了一声"上课"。

仿佛面前像往常一样坐着三十多个学生,老教授跟平时一样自然而然地讲述
着一个个精心准备的教学内容。他讲得非常投入,甚至有些忘情。不一会儿,他的
额头上开始有汗珠滑落。

三个开始还有些心不在焉的女生,先是惊讶老教授依然工整的板书、热情的
手势和对每一个细节的耐心讲解,继而,被他的那份从容和认真深深地感动了,她
们不约而同地坐直了身子,认真地聆听起来。

课间休息时,三位女同学请求面色有些苍白的老教授赶紧回去休息。老教授

擦着满脸的汗水连连摇头，说他还能坚持住。直到下课的铃声响起，他才如释重负地收拾好讲义，慢慢走出教室。

十年后，那三个在学校读书时表现平平的女生，都脱颖而出，在事业上卓有成绩，成为那届毕业生中的佼佼者。

同学聚会时，面对大家羡慕和赞叹的目光，他们一致深情地回忆起在大学里补上的那一次课。虽然她们已记不清老教授所讲的内容，但老教授抱病面对三个学生时的那份平静、那份声情并茂的投入，却深深地铭刻在了她们的脑海里。正是那一次课，让她们明白了"什么叫做敬业"、"什么叫做认真"等等那些曾无数次空泛地谈论过的大道理，并由此深深地影响了她们对事业及人生的态度和方式。

是的，那刻骨铭心的一课就叫——敬业。

只是在多年以后，许多同学才在懊悔和遗憾之余，将其间接地补上。

人生的一次补课

51

◇赏析／王书文

一个教《训诂学》的老教授，在考试结束后，偏要给同学们补一次课，这自然反映出一种高尚的师德和敬业精神。这种精神深深地影响着他的每一位学生。

文章最精彩处莫过于出乎意料的情节。考试都结束了，老教授还要补课，意外之一；来补课的只有三个女生，意外之二；这三个女生又不是来补课的，意外之三；只有三个学生，老教授居然讲得"非常投入"，意外之四；三个女生"被他的那份从容和认真深深地感动了，她们不约而同地坐直了身子，认真地聆听起来"，意外之五；课上完了，照说也算完成了对老教授形象的刻画，可作者写"十年后，那三个在校读书时表现平平的女生，都脱颖而出，在事业上卓有成绩，成为那届毕业生中的佼佼者"，意外之六。在结尾时，作者不无深意地说："只是在多年以后，许多同学才在懊悔和遗憾之余，将其间接地补上。"可算是意外之七。这样，那一课的魅力才彻底释放出来，才算完成对老教授熠熠师魂的最后一笔勾画。原来，老教授此举，大约不在补《训诂学》本身，他的"行为艺术"给学生补上了人生常缺的一课，那就是敬业。

父亲问我:"你和所有的同学都告别了吗?"我说是的。"如果你曾经做过对不起哪位同学的错事,快去请求他原谅,请他忘了。有没有?""没有。"我回答。"那好吧,再见了!

告　别

◆ 文/[意]亚米契斯

我 的 老 师

十八日　星期二

今天上午,我开始喜欢我的新老师了。我进教室时他已坐在他的座位上,时不时地有他去年的学生在经过教室门口时探头与他打招呼:"您好,老师!""您好,佩尔波尼先生!"还有的进来与他握手,然后又跑开了。看得出那些学生都很爱戴他,都想再回到他身边。他也回答学生:"你好!"说着握握伸上来的手,但眼睛并不瞧人。他对每一声问候都始终很严肃,额上的皱纹直直的,脸朝向窗外,看着对面房子的屋顶,似乎学生的问候并不让他感到高兴,相反是一种折磨似的。然后,他转过头一个个很认真地瞧着我们。做听写时,他从讲台上下来,在课桌间踱着步。当看见一个满脸小红痘的孩子时他打住了话头,双手捧起孩子的脸看,问他是怎么回事,还用手摸摸他的额头看看是否发烧。这时,他身后一个男孩从座位上站起来,模仿木偶动作。他猛地转过身去,那孩子急忙坐下,一动不动地垂着脑袋,等着挨罚。老师用手抚摸着他的脑袋,说了一句"以后别再这样了",便不再说什么,走回桌边。做完听写,他静静地看了我们一会儿,然后用他粗粗的但很亲切的嗓音慢悠悠地说:"听着,孩子们,我们要在一起度过一年时光,我们要好好地度过这一年。你们要好好学习,听话才行。我没有家,你们就是我的家。去年我母亲还活着,可现在她已去世。如今我孤身一人,除了你们我什么都没有,你们是我惟一的爱,惟

一的牵挂。我把你们当做我自己的孩子。我爱你们,也需要你们爱我。我不愿意惩罚任何人。你们应该向我证明你们是真诚善良的孩子。我们的学校是个大家庭,你们是我的安慰和骄傲。我不要求你们给我口头保证,相信你们都已经在内心向我作出了保证。谢谢你们。"这时,校工进来宣布下课,我们都默默地起身走出教室。刚才那个站起来的孩子走近老师,声音发抖地说:"老师,请原谅我。"老师吻了一下她的额头,说:"去吧,我的孩子!"

告　别

十日　星期一

下午一点,我们大家最后一次来到学校,听考试成绩,拿升级册。街上到处是学生家长,学校的大厅里也挤满了人,许多人进到教室里,甚至挤到老师的讲台前边。在我们教室前面,墙与第一排课桌之间全都是人。有卡罗内的父亲、德罗西的母亲、铁匠普雷科西、柯莱蒂先生、奈利夫人、卖菜妇人、"小泥瓦匠"的父亲、斯塔尔迪的父亲,还有其他许多我从未见过的人。到处是低低的说话声,熙熙攘攘的景象好似在广场上。

老师走进教室,大家肃静下来。老师手里拿着名单,马上开始宣读起来:"阿巴杜齐,升级,六十分;阿尔琴蒂,升级,五十五分。""小泥瓦匠"升级了,克罗西也升级了。然后,老师又高声读道:"埃尔内斯托·德罗西升级,七十分满分,并获得一等奖。"所有在场的家长都认识德罗西,纷纷说:"好样儿的,好样儿的! 德罗西!"而德罗西甩了一下金色的鬈发,脸上露出从容、迷人的微笑,看着他的母亲,他的母亲正朝他招手致意。

卡罗菲、卡罗内和卡拉布里亚男孩也都升级了。有三四个同学要补考,其中一个哭了起来,因为他父亲在门口向他做了个威胁他的手势。老师马上对那位父亲说:"对不起,先生,别这样。这并不见得是他的错,许多时候只是运气不好,比方说这次。"

接着,老师又读起来:"奈利,升级,六十二分。"听到这个,奈利的母亲用扇子做了个飞吻给儿子。斯塔尔迪也升级了,他得了六十七分,但他听到那个好成绩后却没有笑,两只拳头仍旧撑着太阳穴。最后轮到沃蒂尼,他打扮得漂漂亮亮,头发梳得整整齐齐的来听结果,他也升级了。

读完,老师站起来,说:"同学们,今天是我们最后一次聚在一起。我们在一起度过了一年时光。现在,我们要像好朋友似的分手了,对吗? 我很遗憾离开你们,我亲爱的孩子们。"他顿了一下,又说道,"如果我有失去耐心的时候,如果我有并不情愿但处事不公正,过于严厉的地方,请你原谅。""没有,没有。"许多学生和家长齐声叫起来,说:"不,老师,从来没有。"老师又重复了一遍说:"请你们原谅,希望你们爱我。明年,你们不跟我在一起了,但我还能见到你们,你们永远在我的心里。再见,同学们!"

说完,他走到我们中间,同学们都站立起来向他伸出手去,有的拉着他的胳膊,有的拽他的衣服下摆,许多孩子上前吻他,五十多个声音一起说道:"再见,老师!谢谢老师!您多保重!想着我们!"老师出门时,似乎抑制不住内心的激动。

随后,我们乱哄哄地走出了教室,同时出来的还有其他班的学生。这时,到处是喧闹、激动的人们,学生和家长纷纷向老师告别,他们相互打着招呼。插红羽毛的女老师被四五个孩子搂着喘不上气来,身边还围着二十来个孩子;"小修女"老师的帽子都快要被扯掉了,黑衣服的扣眼儿里和口袋里插了十几束鲜花。许多孩子为罗贝蒂欢呼,因为今天他第一次开始离开拐杖走路了。

54

到处可以听见人们说:"新学年再见!十月二十日见!万圣节见!"我们也互相道别。啊!此时此刻,所有曾经有过的别扭不和全都丢在了脑后!始终妒忌德罗西的沃蒂尼主动张开双臂拥抱德罗西。我同"小泥瓦匠"告别,吻他,他又最后扮了一次鬼脸。真是我可爱的同学!我又与普雷科西、卡罗菲告别。卡罗菲告诉我说我中了最近一次的彩票,给了我一个角上有点破损的小瓷镇纸。我还和其他同学都告了别。只见可怜的奈利紧紧跟着卡罗内,真是谁都无法将他们分开。大家都围着卡罗内,"再见,卡罗内!再见!"声音此起彼伏。大家都去摸这个出众、高尚的同学,与他握手,向他欢呼。卡罗内的父亲站在一旁惊喜万分,他看着,微笑着。我最后与卡罗内在街上拥抱告别,我把脸贴在他的胸前,抑制不住地抽泣起来,卡罗内吻了一下我的额头。

随后,我跑向父亲和母亲。父亲问我:"你和所有的同学都告别了吗?"我说是的。"如果你曾经做过对不起哪位同学的错事,快去请求他原谅,请他忘了。有没有?""没有。"我回答。"那好吧,再见了!"

父亲最后看了一眼学校,用充满感情的声音说道。"再见了!"母亲也重复了一句。而我,却一句话也说不出来。

让我们学会爱

◇赏析／王书文

　　《告别》一文写的是发生在小学师生间的琐碎小事,但通过这些小事,老师向学生传递了炽热的爱,学生也学会了怎样去爱别人,这样,就出现了和谐的师生关系、和谐的同学关系。

　　前因后果巧谋篇。文章分为"我的老师"和"告别"两个部分,其实,它顺理成章地分为前"因"后"果":也就是说"我的老师"这部分侧重写佩尔波尼先生如何以真诚的爱心对待每个学生,如他对学生的"小红痘"细心察看,对课堂上"模仿木偶动作"的学生"抚摸"教育(绝不体罚)。讲自己的身世,说"我把你们当做我自己的孩子"。他一年前是这样承诺的,一年来,他也是这样做的,从"告别"篇写学生一学年结束时家长对老师评价很高及孩子们互相关爱、祝福、难舍难分,就可看出学生们受到了老师爱的熏陶。

　　另外,文章用小标题及日记体形式分为两部分,也有不错的效果。

是您让我们懂得了一个朴素的真理，金钱，也可以充满爱与温暖，关键在于拥有它时该以何种心态去对待，失去了又该如何坦然地面对生活。

矩子老师的金钱课

◆文/詹　蒙

　　我第一次到日本留学的时候才二十岁，那时候我几乎身无分文，靠打工一分一分地赚来学费和生活费，住房是最狭小破旧的，很少买一件新衣，为了省钱我将头发一直留至腰际而不去理发店，我所有的生活用品要么来自几十日元的旧货市场，要么是从垃圾堆里捡来的。

　　我去日本语学校上的第一节课是早上八点三十分开始的，因为大家都刚到这个国家心绪不定，与其关心上课莫不如更关心打工。当大家都乱哄哄地挤在狭小的走廊过道里大声议论的时候，从走廊的另一端飘然走过来一位女士，四十多岁的年纪，身材中等，稍稍有一些丰满，白纱裙，一双白色的高跟鞋，头发刚刚吹过，涂了橘红色的唇膏，描了淡青的眼线，还有一点点腮红轻轻地抹入鬓角……当她带着淡淡的丁香花香气从我的面前走过，我顿时觉得某一根神经被她调动起来，我们都安静下来了。

　　"我叫渡边矩子，NORIKO。"她在黑板上大大地写了自己的名字，一面重复着她名字的日语发音。我悄悄地重复着，心中有一种幸福的甜蜜。

　　我们班的同学年龄国籍参差不齐，显然给她的教学增加了难度，特别当对象是非汉语圈的学生时，光彼此沟通就需要很多时间，为了照顾这些"后进生"自然引起一些来自中国、韩国这些汉字国学生的不满，这是一般日本老师首先遇到的难题。

　　而矩子老师身上仿佛有一种超然的力量让人不由自主地服从她。她的语言非

常优雅,总是用敬语,敬语在她那里的使用已经成为一种自然,甚至于像长在身体上的一部分那样。

最让我们暗自不解的是,矩子老师总是自己掏腰包为我们买来许许多多与日本文化有关的东西。如果课堂上有人提起"和纸纸人",那么第二天她就会买了样品送给我们,并且给我们细细地讲述,她请我们去看日本传统的歌舞,去喝最好的玄麦茶;每逢中国的传统节日她总不忘带给我们每一位华人留学生一张漂亮的日本明信片让我们在课堂上写好,由她出钱寄到国外我们的家中。

每逢同学生日,她总会自己出钱请我们二十几位学生去高级酒店吃自助餐,临行还不忘生日礼物及生日蛋糕。我们从传闻中听说她家里非常有钱,她的丈夫是日本有名的商业巨头,即便如此,我们仍然感到她的举动只是出于一个字——爱,尽管这种"爱"并非总能被理解。

果然,不到半年,我们陆续听到了关于她的非议和讥笑,同行们说她"过分","用钱买来友情与快乐"。这些话通过校长传到了矩子老师的耳朵里,她淡然地笑笑,什么也不说,什么也不解释。

57

然而最终还是有人深深地伤害了她的心,那是一位来自台湾叫李雄一的男生,当时二十一岁,他傲慢地拒绝了矩子老师带给我们的一张日本著名女钢琴家中村宏子的音乐票,在课堂上大声质问她:"你以为花钱就可以买来好感和情谊吗?"当时矩子老师脸上那优雅的微笑愣住了,她一下子涨红了脸,几乎快掉下眼泪。她默默地退回到讲台收起自己的讲义,一个人先回到了教员休息室。

后来有的学生说看到矩子老师在教员休息室呆坐了一上午,连午饭也没有吃。矩子老师走后有位来自大陆的学生对那个台湾男生发起了攻击,说他伤害了老师的感情,然而那位男生大声地回击着,意思说别以为你们贫穷的大陆人看得起她的这种小恩小惠,这反倒是一种侮辱。那以后的几天我们一直都没有见到矩子老师,听说她生病了。

一个星期后,正好是矩子老师的生日。为了答谢矩子老师平日对我们的爱,同学们策划着如何给她庆贺生日。大家想租一个便宜的店,然而一谈价都吓得噤若寒蝉;想找一个学生寓所,可是我们这帮穷学生的居所都过于狭小,最多只能装四五个人,再多就要撑破了。商量来商量去,决定斗胆打电话给矩子老师,向她提出一个建议,可不可以借她贵舍一用给她庆贺生日,谁知电话中的她像少女般一下子欣喜若狂,立即同意了。

她生日是在八月十五日,正是日本"御盆节日"的第三天,炎热无比。我到百货店转了许多回,想给她挑选一件生日礼物,然而因价格太贵实在无法出手,最后还是从房东的花园里偷剪了一捧鲜花用报纸包好上了路。我们二十几个学生走到她家门口时,所有学生都惊呆了——她家是占地有几百平方米的豪宅,外形是纯欧式风范,庭院是日式加欧式风格的,既有小桥流水、红伞青石,也有天使塑像、镂花长椅。门厅、客厅和书房异常宽敞明亮,家居点缀雅而不俗,恰到好处。我们这些穷学生有些被震住了,望着身着浅蓝色夏装和服的矩子老师,谁也不能言语。

她在充满阳光的入口处微笑着招呼我们,那种微笑比起课堂上的庄重更多了一些母性。当我把报纸包着的花束"惭愧"地献给她的时候,她高兴地"哇"了一声,然后马上除去了报纸,把它们插进了一个纯白色的玻璃瓶中。我们带来的"简陋"礼物被一一打开,每一次她都是一声赞叹,一声惊喜。那种感叹是由衷的。

保姆问她怎样准备午餐,她说不用你准备,我们大家一起包饺子好不好?大家欣然同意。她不十分灵巧地向我们学着擀皮,忙出了一身面粉。一锅饺子出来,大家早已打破了拘束,笑成一片。席间她频频举杯,最后当每个人都有些微微醉意时,她站了起来,停顿了一下,用一种温柔谦卑的声音说:

"我以往的行为如有不检点,有伤害过大家的地方,我要为此抱歉。我实在是本意并非如此。"

气氛突然停顿了下来,她那种受到伤害却依旧温婉大度的声音令我们心碎,大家彼此望着,什么都说不出来。

"我并非像谣传中那么有钱或那么势利,希望用钱收买快乐。钱是我先生事业的回报,不是我的。我一个人身兼三份职,我一面教日语也兼职教钢琴,还到大学里任教,每日工作十个小时以上。我赚的钱不是自己花,因为我觉得钱不光是赚来自己享受就完了,应该把它用到更有意义的事情上去。我热爱教留学生日语这份工作,因为它可以传播日本文化,也可以交流学习他国的文化。每当我听到来自异国的学生介绍他乡的民俗文化时,我高兴得直想交学费,也许这是我个人的想法,所以……"

还没等她说完,大家七嘴八舌地将她的话打断。在大家热情洋溢的话语里,最后她终于化解了心头最后一块阴云,和大家一一碰杯;和李雄一目光相遇时,她的眼神清澈,略带一些忧伤,仿佛是她伤害了他似的。

我们每个人都得到了矩子老师关于金钱的恩惠:班中一位来自广东的男同学因为要举行一次个人画展资金短缺,矩子老师闻讯资助三百万日元使这次画展能够成功举行。因为这次画展,那位同学后来被日本某著名大学破格录取,现在是旅

日画家兼日本某大学艺术系讲师。

　　我结婚时收到矩子老师从东京寄来的一套意大利瓷器,我一直珍惜地保存它多年,直到后来我决定回国定居时不得已把它暂寄存在朋友家里,至今仍未索回,它已成为我心中的一个遗憾。

　　从日本语学校毕业后大家各奔东西,然而这期间谁都没有同矩子老师断了联系。后来日本泡沫经济破灭,矩子老师的丈夫在一次又一次经济衰退中失去了所有的产业,最后负债累累,只好出售豪宅。

　　我们毕业六年后再去看望矩子老师的时候,她已搬进了在东京目里区的一套普通二室一厅的公寓里,没有了仆人,没有了昔日的荣华,虽然她的脸上有了一些岁月的沧桑,然而依旧可爱可亲,魅力不减。

　　岁月流逝,她从前的学生们都增加了一份自信与成熟,再次相见彼此更加亲切更加了解。当时我们几乎都在自己的事业中小有所成,大家畅谈起过去的种种轶事,倍感温馨。

　　当时有一位同学忽然想起问她为何一直没有去中国,她笑着答道:"以前是因为没有时间,现在是因为没有钱。"大家听了,谁也没有言语,在那相当微妙的沉默一瞬间,我的泪水悄然滑落。

　　后来,她一直在工作着,勤奋地工作着,谁也看不出她生活中发生了如此巨大的变化。直到她五十岁生日的那一天,她收到了一张去中国八日豪华游的礼券。那礼券后面附着一封短信,上面写着我们所有在世界各地的她从前学生们的名字。信上这样写着:

　　"亲爱的矩子老师,祝您生日快乐。我们这二十几位学生八年前曾经为您庆祝过生日。八年后我们很高兴还能在世界各地为您祝贺生日,您是我们的师长,是母亲,是我们昏暗贫苦留学生活中的亮点与光泽。是您使我们在日本冰冷的物质社会里感受到真正的温暖,让我们感觉到了无私的爱以及金钱的真正意义。您是我们的日文老师,也是我们人生的老师,是您让我们懂得了一个朴素的真理,金钱,也可以充满爱与温暖,关键在于拥有它时该以何种心态去对待,失去了又该如何坦然地面对生活。"

关爱如金

◇赏析／王书文

　　本文写一个日本女教师关爱贫困留学生的故事。写得曲折有致,感人至深。

　　一个线索。文章始终围绕矩子老师在金钱方面资助留学生展开。写她花钱让学生接触日本文化,花钱给学生过生日,花钱让大家在她家聚餐,花钱给学生办画展等。当然也写后来学生立业后花钱回报她,特别是那个"中国八日豪华游"礼券的赠送。

　　一个误会。文中说"同行们说她'过分','用钱买来友情与快乐'",特别是一位台湾籍学生李雄一"在课堂上大声质问她",使她很难受,很委屈。但当"我们"为她庆贺生日时,"她在充满阳光的入口处微笑着招呼我们",当 "和李雄一目光相遇时,她的眼神清澈,略带一点忧伤",说明她大度、纯洁。

　　一个跌宕。文中先描写老师住"几百平方米的豪宅",后面又写她家的破产,只住"一套普通二室一厅的公寓",但她仍"笑着"回答学生的问题,还是因为这个跌宕,使学生立业后有"机会"赠礼券回报老师,八年后的生日礼物,与前面"我"给老师祝贺生日送一束偷来的花相呼应,令人深思。

> 我永远不能忘记了他，永远不能忘记了他的和蔼、忠厚、热心、善诱的态度。

记黄小泉先生

◆文/郑振铎

　　我永远不能忘记了黄小泉先生。他是那样地和蔼、忠厚、热心、善诱。受过他教诲的学生们没有一个能够忘记了他。

　　他并不是一位出奇的人物；他没有赫赫之名；他不曾留下什么有名的著作；他不曾建立下什么令年青人眉飞色舞的功勋。他只是一位小学教员，一位最没有野心的忠实的小学教员。他一生以教人为职业。他教导出许多很好的学生。他们都跑在他的前面，跟着时代走去，或被时代拖了走去。但他留在那里，永远地继续地教诲，在勤勤恳恳地做他本分的事业。他做了五年，做了十年，做了二十年的小学教员，心无旁骛，志不他迁，直到他儿子炎甫承继了他的事业之后，他方才歇下他的担子，去从事一份比较轻松些、舒服些的工作。

　　他是一位最好的公民，他尽了他所应尽的最大的责任；不曾一天偷过懒，不曾想到过变更他的途程。——虽然在这二十年间尽有别的机会给他向比较轻松些、舒服些的路上走去。他只是不息不倦地教诲着，教诲着，教诲着。

　　小学校便是他的家庭之外的惟一的工作与游息之所。他没有任何不良的嗜好，连烟酒也都不入口。

　　有一位工人出身的厂主，在他从绑票匪的铁腕下脱逃出来后，有人问他道："你为什么会不顾生死地脱逃出来呢？"

　　他答道："我知道我会得救。我生平不曾做过一件亏心事，从工厂出来便到礼拜堂；从家里出来便到工厂。我知道上帝会保佑我的。"

小泉先生的工厂，便是他的学校，而他的礼拜堂也便是他的学校。他是确确实实的不曾到过第三个地方去，从家里出来便到学校，从学校出来便到家里。

他在家里是一位最好的父亲。他当然不是位公子少爷，他父亲不曾为他留下多少遗产。也许只是一所三四间屋的瓦房——我已经记不清了，说不定这所瓦房还是租来的。他的薪水的收入是很微小的。但他的家庭生活很快活。他的儿子炎甫从小是在他的"父亲兼任教师"教育之下长大的。炎甫进了中学，可以自力研究了，他才放手。但到了炎甫毕业之后，却因为经济困难，没有希望升学，只好也在家乡做着小学教员。炎甫的收入极少，对于他的帮助当然是不多。这几十年间，他们一家，这样地在不充裕的生活里度过。

但他们很快活。父子之间，老是像朋友似的在讨论着什么，在互相帮助着什么。炎甫结了婚。他的妻是我少时候很熟悉的一位游伴。她在他们家里觉得很舒服。他们从不曾有过什么不愉快的争执。

小泉先生在学校里，对于一般小学生态度，也便是像对待他自己儿子炎甫一样；不当他们是被教诲的学生们，不以他们为知识不充足的小人们；他只当他们是朋友，最密切亲近的朋友。他极善诱导启发，出之以至诚，发之于心坎。我从不曾看见他对于小学生有过疾言厉色的责备。有什么学生犯下过错，他总是和蔼地在劝告，在絮谈，在闲话。

没有一个学生怕他，但没有一个学生不敬爱他。

他做了二十年的高等小学校的教员、校长。他自己原是科举出身。对于新式的教育却努力地不断地学习，在研究，在讨论。在内地，看报的人很少，读杂志的人更少；我记得他却订阅了一份教育杂志，这当然给他以不少的新的资料与教导法。

他是一位教国文的教师。所谓国文，本来是最难教授的东西；清末到民国六七年间的高等小学的国文，尤其是困难中之困难。不能放弃了旧的四书五经，同时又必须应用到新的教科书。教高小学生以《左传》、《孟子》和《古文观止》之类是"对牛弹琴"之举。但小泉先生却能给我们以新鲜的材料。

我在另外一个小学校里，国文教员拖长了声音，板正了脸孔，教我读《古文观止》。我至今还恨这部无聊的选本！

但小泉先生教我念《左传》，他用的是新的方法，我却很感到趣味。

仿佛是到了高小的第二年，我才跟从了小泉先生念书。我第一次有了一位不可怕而可爱的先生。这对于我爱读书的癖性的养成是很有关系的。

　　高小毕业后,预备考中学。曾和炎甫等几个同学,在一所庙宇里补习国文。教员也便是小泉先生。在那时候,我的国文,进步得最快。我第一次学习着作文。我永远不能忘记那时候的快乐的生活。

　　到进了中学校,那国文教师又在板正了脸孔,拖长了声音在念《古文观止》!黄小泉先生时代那么活泼善诱的国文教师是终于不可得了!

　　所以,受教育的日子虽不很多,但我永远不能忘记了他。

　　他和我家有世谊,我和炎甫又是很好的同学,所以,虽离开了他的学校,他还不断地教诲我。

　　假如我对于文章有什么一得之见的话,小泉先生便是我的真正的"启蒙先生",真正的指导者。

　　我永远不能忘记了他,永远不能忘记了他的和蔼、忠厚、热心、善诱的态度——虽然离开了他已经有十几年,而现在是永不能有再见到他的机会了。

　　但他的声音笑貌在我还鲜明如昨日!

感悟生命的真谛

◇赏析／邹成平

　　这篇文章的精妙之处,在于蕴含在字里行间的主人公对生活工作那种简单而平凡的爱,对儿子和学生那种真诚而质朴的幽幽深情,让人越读越感到植根到了血液,越读越觉得刻骨铭心。

　　主人公黄小泉先生是那样的平凡:不曾留下什么有名的著作,也不曾建立下什么令年轻人眉飞色舞的功勋;他的生活又是那样简单:他只是一位最没有野心的忠实的小学教员,小学校便是他家庭之外惟一的工作与休息之所;他的日子过得那样清贫:没有任何不良的嗜好,连烟也都不入口。这几十年间,他们一家,这样地在不充裕的生活里度过……在平凡的背后,我们却不难窥见生活的真谛,那种脚踏实地的务实的爱。

64

　　但黄小泉先生对生活的诠释却是那样的执著:他做了二十年的小学教员,心无旁骛,志不他迁。他对工作的追求是那样善于创新:"我"记得他订阅了一份教育杂志;小泉先生教"我"念《左传》,他用的是新方法,"我"感到很有趣味……作者多用对比,再一次把小泉先生对生活的拳拳之爱化在他的具体行动之中:勤学习、善创新、乐教育。此时,你还能说他的生活平淡简单吗?

　　小泉先生对生活的爱还表现在他对儿子、学生的深厚感情之中:父子之间,老是像朋友似的在讨论着什么,在互相帮助着什么;对于一般小学生的态度,也便是像对待他自己儿子炎甫一样……

　　初读此文,确感过于平淡,如再细品,一种我们常见却又不曾深思过的对生活的爱便交织在心头,久久没法离去……

最美的音符

老师的目光是一座木桥，晃
晃悠悠荡出来的是你的顽皮，

是为了不让你跃进人生的
泥潭深渊；

老师的目光是一条小路，曲
曲弯弯，量出你的稚弱，

是为了不让你受困于千难
万阻；

老师的目光是一束电光，明
明灭灭，照出你的迷惘，

是为了不让你落泪于生活
的云雾罩。

> 高尔基出过一个谜语——"不是蜜，却能粘住一切"，谜底就是语言。确实，正因为语言的张力极大，留给人的想像空间与再创造的可能性才特别宽广。

女教师是蜜

◆文/皖点点

有一段日子,大学生们对新开的大学语文课不感兴趣,理由是,他们是学工科的,没必要在语文上下工夫。年轻的女教师猜到了大家的心思,就在上第二节课时对大家说:"别看你们是大学生,却未必知道语言的力量究竟有多大。为了说明这个问题,我想让大家看一幅画。"说着亮出了一幅画,让大家观察后回答:画的主题是什么。

这是一幅西洋的人物画,画面上是个白发苍苍的老太太,她表情凄然,正站在一座孤坟前,坟前放着一朵枯萎了的玫瑰花……

那么,画的主题究竟是什么呢?见大家猜得挺苦,她就极巧妙地提醒了大家一句:"其实,只要加上两个字,画的主题就会立刻一目了然,而且让人感到惊心动魄。这两个字就是:初恋。"

果然,加了这两个字后大家再想,才突然发现这的确是一幅引人关注且充满了悬念的画——初恋是年轻人的事,这里怎么是个老太太呢?

"是的。初恋是年轻人的事,可画上的人物却是个老太太,这无疑意味着,画里一定藏着一个沉甸甸的悲剧故事。那么,这究竟是个怎样的故事呢?都白发苍苍了还来到坟前黯然神伤,难道坟里是她初恋的情人?如果真是两情依依,为何没能长相厮守?是因为情变,还是某种外在的压力?坟前的玫瑰花,是老太太放的吗?如果是,当她一个人在这儿黯然神伤时,她现在的丈夫、她的家人知道吗?她现在的婚姻幸福吗?如果不幸,这些年来她是怎么过的?是不是常常到坟前垂泪?又或者老

太太根本就没结婚，那么漫漫人生路，她是怎么在凄风苦雨中饱受煎熬的呢……总之，只要大家肯想，准能想像出一大串诸如此类的极其丰富的情节，就为了画上的这位老人……"

听了女教师的点评，大家立刻发现了一个秘密，只要加上作为语言的"初恋"二字，就使这幅画魅力大增。

见大家似有所悟，女教师接着说："高尔基出过一个谜语——'不是蜜，却能粘住一切'，谜底就是语言。确实，正因为语言的张力极大，留给人的想像空间与再创造的可能性才特别宽广。"

由于女教师的提醒，大家此后再上她的课时特别认真，有个风趣的学生还友好地给她鞠了一躬，说："您就是蜜，把我们的心全粘住了！"

"不是蜜，却能粘住一切"

◇赏析／李明高

高尔基的"不是蜜，却能粘住一切"，真是妙到了极致，而《女教师是蜜》的作者引用这句话也是妙不可言，特别是将这句话浓缩后暗喻为文章的题目，更是锦上添花。

在对待学生的通病——"不愿意学习语文"这一问题上，我们的老师所采用的方法大都是一个"压"字，即精神上、作业上给予重压，可到头来，学生从厌倦到反感，语文成绩越来越差，老师也只得望"书"兴叹，束手无策。

可是《女教师是蜜》一文中的"年轻的女教师"所采用的方法就与众不同，确实高明。新颖而不落俗套且效果显著。

她为了说明语言的重要性，首先展示了一幅新奇独特的画：一位老太太守在孤坟前，坟前放着玫瑰花，让学生考虑画的主题。学生没有办法，这时她又作了恰当的提示，给这幅画加了一个标题："初恋。"紧接着老师进行适当的富有想像的启发式的点拨，这样一来学生的心胸开阔了，思路打开了，更重要的是学生认识到了："只要加上作为语言的'初恋'二字，就使这幅画魅力大增。"这时老师又非常巧妙地将高尔基的名言抛出来，更加激起了学生对语文这一学科的新的认识，从而形成了后来的"大家此后再上她的课时特别认真"的局面。

同样，这篇文章也正如那个学生风趣的话："您就是蜜，把我们的心全粘住了！"

67

> 怀特森先生的这种敢于让学生大胆
> 质疑的特殊的培养方式，对于学生一生
> 的影响是相当重要与必要的。

我最好的老师

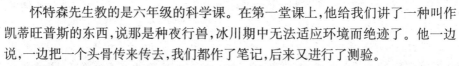

◆ 文/[美]大卫·欧文

　　怀特森先生教的是六年级的科学课。在第一堂课上，他给我们讲了一种叫作凯蒂旺普斯的东西，说那是种夜行兽，冰川期中无法适应环境而绝迹了。他一边说，一边把一个头骨传来传去，我们都作了笔记，后来又进行了测验。

　　他把我的试卷还给我时，我惊呆了：我答的每道题都被打了个大大的红叉。测验不及格。

　　一定有什么地方弄错了！我是完完全全按照怀特森先生所说的写的呀！接着我意识到班里的每个人都没及格。发生了什么事？

　　"很简单"，怀特森先生解释道：有关凯蒂旺普斯的一切都是他编造出来的。这种动物从来没有存在过。所以，我们笔记里记下的那些都是错的。难道错的答案也能得分吗？

　　不用说，我们都气坏了。这种测验算什么测验？这种老师算什么老师？

　　我们本该推断出来的，怀特森说道。毕竟，正当传递凯蒂旺普斯的头骨（其实那是猫的头骨）时，他不是告诉过我们有关这种动物的一切都没有遗留下来吗？怀特森描述了它惊人的夜间视力，它的皮毛的颜色，还有许多他不可能知道的事实。他还给这种动物起了个可笑的名字。可我们一点儿都没有起疑心。

　　他说我们试卷上的零分是要登记在他的成绩记录簿上的。他也真这么做了。

　　怀特森先生说他希望我们从这件事当中学到点什么。课本和老师都不是一贯正确的。事实上没有人一贯正确。他要我们时刻保持警惕，一旦认为他错了，或是

课本上错了,就大胆地说出来。

上怀特森先生的课,每一次都是不寻常的探险。有些科学课我现在仍然能够差不多从头至尾地记起来。有一次他对我们说他的大众牌轿车是活的生物。我们花了整整两天才拼凑了一篇在他那里通得过的驳论。他不肯放过我们,直到我们证明我们不但知道什么叫生物,且还有坚持真理的毅力时,他才罢休。

我们把我们这种崭新的怀疑主义带进了所有课的课堂。这就给那些不习惯被怀疑的老师带来了问题。我们的历史老师讲着讲着,会有人清清嗓子,说道:"凯蒂旺普斯。"

如果要我给我们的学校危机提出个解决办法的话,我一定会提出怀特森先生。我没做出过什么重大的科学发现,但我和我的同学们从怀特森先生那里得到了一种同样重要的东西,一种正视着某个人的眼睛,告诉他他错了的勇气。怀特森先生还让我们看到,这么做有时候是很有趣的。

这里面的价值并非每个人都能觉察到。有一次我把怀特森先生的事讲给一位小学老师听,他惊骇极了。"他不该像这样捉弄你们的。"那小学老师说道。我正视着他的眼睛,告诉他全错了。

激发兴趣,敢于质疑

◇赏析/李明高

人非圣贤孰能无过,书非全是亦有所谬,在课堂教学中教师必须激发学生敢于质疑的兴趣,培养学生敢于坚持真理的品质,这不仅在过去,而且在素质教育的今天,也显得格外的重要。

现在读到美国大卫·欧文的《我最好的老师》一文,文中的"凯蒂旺普斯"事件令人难忘。

教科学常识的怀特森老师第一天上课给学生们讲授了一种叫"凯蒂旺普斯"的灭绝动物,一边侃侃而谈一边给同学传看颅骨模型,全班同学都认真地作了笔记。接着是随堂测验,第二天卷子发下来,同学们都惊呆了,因为他们领到的是清一色的大红叉叉加零分!怀特森老师告诉同学们,这种动物世界上根本不存在。并以此告诫孩子们:任何老师和书本不可能是十全十美,同学们上课时不要让脑子睡大觉,要敢于提出质疑。从那以后,全班同学上怀特森老师的课犹如历险,始终处于高度警觉兴奋状态。他们经常向老师、书本质疑,不断地激发求知欲望,最后学生的求知欲得到大大的提高,对于科学的认识都有了自己独到的见解。

怀特森先生的这种敢于让学生大胆质疑的特殊的培养方式,对于学生一生的影响是相当重要与必要的。我们每个教师应该学习怀特森先生的教法,不要像那个小学老师那样"惊骇极了"。

> 用温和取代严厉，用舒缓取代激烈，用奖励取代惩罚，这便是我们从小小的迟到所领略到的博大人生。

迟到的理由

◆文/冯　娟

一堂成人心理咨询培训课正在进行。

一个中年男人从后门悄悄溜进了教室。他猫着腰，屏住呼吸，企图逃过老师的视线。他迟到了。

正当他弯下身子准备坐在最后一排的最旁边一个座位上时，老师叫住了他："这位同学，请到前边来好吗？"

他的脸顿时羞得通红，他连忙说："对不起老师，路上塞车了，所以我……"正在聚精会神听讲的学生纷纷将视线投到了他身上，大家吃吃地笑着，是一种善意的取笑。毕竟，一个迟到的中年男人，此时却像一个犯了错的孩子一样的可怜和可爱，足以让每个人都想起自己调皮而纯真的童年。

老师温和地说："我知道，每个人都会有迟到的理由，可是你毕竟迟到了，就奖励你表演一个节目吧。"

"表演节目？"中年男人更加羞涩了，手指不停地绞着书包带，"我既不会唱歌又不会跳舞，我从来没有表演过节目……"他真的不知道怎么办了。

"没有关系，随便表演什么节目，我们都欢迎。虽然你的迟到打断了我们的听课，可是你的表演又给我们带来了快乐，我相信每位同学都会热烈地鼓掌。"老师的话音未落，教室里就响起了热烈的掌声。快乐的笑声在掌声里弥漫。

"哼咳！"迟到的男同学润了一声嗓子，终于要表演了。零星的笑声过后，教室里出现了几近窒息的安静。只见他昂起头，从喉咙里发出了一声高亢的尖锐的竭尽全力的——公鸡的鸣叫!

掌声如潮。

男同学的脸上又泛起一阵红晕。在大家快乐而满足的笑声中,他骄傲地说: "我小时候最棒的绝招就是学公鸡打鸣,没想到人到中年还有机会露一手,让大家 见笑了!"他朝大家拱了拱拳头,大大方方地坐到了自己的座位上。

有幸听到这位男同学打鸣的人,就有我一个。当时我坐在同学们中间,在那一 声冲破云霄的鸣叫之后,我把手掌都拍红了。正如老师所言,我们无不陶醉在一种 随意而舒畅的氛围中,几乎忘了要他表演的原因。这位男同学谈了他表演的体会: "我以为老师会狠狠地批评我,没想到会让我表演,其实也没什么,后来的气氛让 我一下子放开了。"后来他再也没有迟到过,尽管他的家离得很远,每天早上还要 送女儿上幼儿园。

惩罚和奖励同样可以撼动人的心灵。在我们很多人的记忆里,还残留着迟到 而受到的耻辱,比如老师轻蔑的训斥和同学的嘲笑,真的没想到,迟到,也可以用 这样的方法来"惩罚"。

这使我想起我所认识的一个少年,由于经常迟到,他便经常被老师训斥,被罚 站到教室外面去。这少年的自尊心受到了越来越深的伤害,逆反情绪也越来越严 重,最后终于辍学了。

人与人相互影响的方式有很多种,温和的、严厉的、舒缓的、激烈的,可是无论 哪一种,我们都希望留在心间的是快乐而不是阴影。用温和取代严厉,用舒缓取代 激烈,用奖励取代惩罚,这便是我们从小小的迟到所领略到的博大人生。

别样的"惩罚"

◇赏析/卢丽丽

"人与人相互影响的方式有很多种,温和的,严厉的,舒缓的,激烈的,可是无 论哪一种,我们都希望留在心间的是快乐而不是阴影。"

《迟到的理由》讲述的是一位老师是怎样"惩罚"迟到的学生的。一堂成人心理 咨询培训课正在进行,一位中年男人迟到了,打断了同学们的听课。老师不仅没有 批评他,反而温和地告诉他每个人都有迟到的理由,并奖励他表演一个节目。羞涩 的男人因为老师的鼓励和同学的掌声而放开了心情,并表演了小时候最棒的绝

招——学公鸡打鸣。这一声高亢的尖锐的竭尽全力的公鸡的鸣叫不仅给老师和同学带来了欢乐,使他们无不陶醉在一种随意而舒畅的氛围中,而且也给这位男人带来了心灵的撼动。从此,他再也没有迟到过。

在很多人的记忆当中,如果有位同学迟到了,可能会受到老师轻蔑的训斥和其他同学的嘲笑,甚至会被老师罚站到教室外面去,这样自尊心受到了伤害,从此便在心里留下了阴影。可以说,这位男同学是幸运的,因为他碰到了一位会"惩罚"学生的老师,并给他留下了一份美好的回忆。

作为读者,我为这位男同学能有这样善良的老师感到骄傲与自豪。同时,我也为我自己感到幸运,因为《迟到的理由》这篇作品给我上了一堂受益匪浅的课,使我懂得了待人之道:用温和取代严厉,用舒缓取代激烈,用奖励取代惩罚。

> 在教室里时，我们都以为自己敌不过那场风雪，事实上，我们不是都顶住了吗？

难忘的一课

◆文/王一同

那天的风雪真暴，外面像是有无数发疯的怪兽在呼啸厮打。大家都在喊冷，读书的心思似乎已被冻住了。一屋的跺脚声。

鼻头红红的欧阳老师挤进教室时，等待了许久的风席卷而入，墙壁上的《中学生守则》一鼓一顿，开玩笑似地卷向空中，又一个跟头栽了下来。往日很温和的欧阳老师一反常态：满脸的严肃庄重甚至冷酷，一如室外的天气。乱哄哄的教室静了下来，我们惊异地望着他。

"请同学们穿上胶鞋，我们到操场上去。"

几十双眼睛在问。

"我要求同学们到操场上站立五分钟。"

教室外，卷地而起的雪粒雪团呛得人睁不开眼，张不开口。脸上像有无数把细窄的刀在拉在划，厚实的衣服像铁块冰块，脚像是踩在带冰碴的水里。我们挤在屋檐下，不肯迈向操场半步。欧阳老师没有说什么，面对我们，脱下羽绒服，线衣脱到一半，夹着雪的狂风帮他完成了另一半。"到操场上去，站好。"老师脸色苍白，一字一顿地对我们说。

谁也没有吭声，我们老老实实地到操场排好队。瘦削的欧阳老师只穿一件白衬褂，衬褂紧裹着的他更显得单薄。我们规规矩矩地站着。五分钟过去了，老师吃力地说："解散。"

就在我还未能透彻地理解欧阳老师这一课时，仅有"中师"文凭的他，考取了

北京一所师范大学的研究生。

以后的岁月里，我时时想起那一课，想起欧阳老师最后的一番话："在教室里时，我们都以为自己敌不过那场风雪，事实上，我们不是都顶住了吗？面对困难，许多人戴着放大镜，但和困难拼搏一番后，你会觉得，困难不过如此……"我很庆幸，那天我没有像个别同学那样缩在教室里，在那个风雪交加的冬日，在那个空旷的操场上，我上了终身难忘的一课。

衬托在文中的灵活运用

◇赏析／邹成平

这是一个简单的故事，这是一节普通的课，却永远印在作者的脑海，并深深地打动了读者。

这节课同往常所有的课都一样，一样的学生，一样的老师，不同的是上课的内容，年轻的欧阳老师在自己考取北京一所师范大学研究生时，在暴雪中给学生上了一节五分钟的短课，内容只是不畏风雪的站立。是什么原因如此震撼着我们呢？我想应归功于衬托。

一、环境的衬托。在文章开头，作者就给我们展示了天寒地冻的天气，"那天的风雪真暴，外面像是有无数发疯的怪兽在呼啸厮打。"接着来到操场又写道："卷地而起的雪粒雪团呛得人睁不开眼，张不开口。脸上像有无数把细窄的刀在拉在划，厚实的衣服像铁块冰块，脚像是踩在带冰碴的水里……"通过这些环境描写，谁都会明白这节课所面对的挑战：天气是多么寒冷，站立在室外要面临多大的困难，简直让人无法可想。也正是这些描写的衬托，才让文章的主旨凸现得更加有力：面对困难，勇于拼搏，我们就会觉得困难不过如此。

二、人物的衬托。作者巧妙的点示，欧阳老师只是"中师"文凭，却通过自学考上了研究生，有力突现了主题；其次是学生，"大家都在喊冷"、"一屋的跺脚声"、"我们挤在屋檐下，不肯迈向操场半步"，有力衬托了天气的寒冷。在衬托中，欧阳老师的形象是多么高大，文章的主题又是多么深远。

品读此文，记住这些衬托的句子，你一定也会和作者一样，终生难忘这一节课！

于是他们就会对自己说:"名牌大学出来的也这样,没什么了不起。他能走到这一步,将来我也能!"

孙 老 师

◆ 文/吴雪恼

孙某,男,二十八岁。北京师范大学毕业,任某中学高三班主任兼语文老师。性情豪放,诙谐,玩世不恭。

一日午休,孙某经教室外,见内有学生玩牌,兴起,遂入内,欲参与之,众生欣然。

玩过数把,孙某丢牌道:"无味无味,得来点刺激才好!"

如何刺激?最后议定:"输者钻桌。"

于是再战,此番有关荣辱,非同小可,双方均剑拔弩张,不敢掉以轻心。

初战得胜,两对手于桌下匍匐而过,孙某乐极大笑,放浪形骸。

又战,却败北,孙某一方也得效法如斯,与之搭档学生义不容辞而钻。

轮到孙某,两对手碍于师尊,有意宽容道:"老师就稍稍弯腰于桌下,意思意思罢了。"

孙某正色道:"万万不可,言出法随,谁也不能通融!"

于是勇敢伏身,以手为足而钻。可成人之躯,哪有少年灵便?且他身材粗壮,课桌矮窄,便有许多难度,竟也吭哧吭哧气喘吁吁,让他钻过去了。

全室学生皆哄笑。

他却不笑,起身拍拍身上尘土,继续投入战斗。

再败,则再钻,引来笑声阵阵。

又一日,讲屈原的《涉江》,孙某示读。读着读着来了兴致,索性扔下课本,背诵

起来,滚瓜烂熟,琅琅上口,抑扬顿挫,或轻或重,或缓或急,时如海潮击天,时如急雨扫地,时如轻风吹拂,时如珠落玉盘……众生皆沉醉。孙某摇头晃脑双眼微张,亦如醉如痴。

却忽地打住,张眼惊问:"怎么好像不对?"

众生皆愕,不知所云。

又听他道:"哦哦是了,有一处我读错了,就是这里就是这里,本为'凝滞',我读成'凝带'了,该死该死!"

众生又愕然,顿时交头接耳,鹊声四起。

适逢校长路过,已驻足谛听多时,感慨有加。下课后即将他叫住:"孙老师,你课上得真好,功力不浅,而且还很勇敢。"

"勇敢?"孙某不明。

"不错,勇敢,一个堂堂正正的老师能向学生承认自己读错了字,确实勇敢。一般的人,没有这般勇气。"

孙某笑道:"承蒙夸奖。可是校长知否?我是故意的。"

"什么,故意?"校长若有所疑。

又联想到关于他前些天与学生玩牌钻桌的传闻,便责备道:"小孙哪,你要维护自己的形象啊!"

孙某又笑,"什么形象,关于老师的?我说校长,一个老师如果让学生觉得神秘兮兮的又敬又怕,他就完啰!我要让他们明白,老师,尤其是我这样的老师,也会错。于是他们就会对自己说:'名牌大学出来的也这样,没什么了不起。他能走到这一步,将来我也能'!"

反常举动,独特爱心

◇赏析／李明高

《孙老师》这篇课文塑造了一个性格豪放,诙谐,玩世不恭却深爱着孩子们的老师形象。

古人云:"师道尊严",强调了老师在学生心目中的地位与威望。可《孙老师》这篇文章中的"孙某"却丝毫不顾忌这一点,你看他作为一个班主任兼语文老师,竟然和学生一起"玩牌",更有甚者是玩到深处,竟与学生"来点刺激",玩"输者钻桌"

的游戏,而且这位老师输了时却也"勇敢伏身,以手为足而钻",引来"全室学生皆哄笑",可他却"再败再钻",全然没有了一点"师道尊严"。

在课堂上,"孙某"示读屈原的《涉江》,读到高兴处,他"索性扔下课本,背诵起来",而且"滚瓜烂熟,琅琅上口"致使"众生皆沉醉"……这诚然表现了一位语文老师扎实的文学功底。可他却"节外生枝",闹出"错背"的笑话,而且当着学生勇敢地承认其错误。可校长问他,他竟说是故意而为之,这时校长自然想起了他的"钻桌"丑闻,就告诫他"要维护自己的形象啊",可"孙某"的一番话更是让人难以接受,而细想却是那样的充满哲理。

他的那句:"……他能走到这一步,将来我也能!"显而易见对学生信心的培养起到了不可估量的作用,实际上老师的形象也自然而然地在学生中高高树立起来了。

文章就是这样抓住"孙某"的反常举动,运用独特的匠心来展现了一个独具爱心的师者形象。

孩子走了以后，汤普森夫人哭了至少一个小时。从这天开始，汤普森夫人的教师工作多了一项内容，用不同的方式鼓励、诱导孩子们。

最好的老师

◆译/胡海棠

当汤普森夫人站在五年级学生面前时，她撒了一个谎。像绝大多数老师一样，她在第一次面对学生时，总是告诉孩子们，将对他们一视同仁。

但事实上，这是不可能的。比如，汤普森夫人就很不喜欢坐在第一排的那个名叫特德的小男孩。汤普森夫人注意到这个孩子很乖张，与其他孩子合不来；他总是穿着一身脏兮兮的衣服，似乎从未洗过澡；他的学习也很不好……每当汤普森夫人的目光落到特德身上，她就会不由自主皱眉头。

一天，校方要求汤普森夫人必须阅读班上每个孩子的档案。她把特德的那份抽了出来，放在了最后。然而，当她读到这个孩子的评语时，她感到前所未有的震惊。

一年级的老师这样写道："特德是个聪明的孩子，作业整洁而优美，很有礼貌……总给大家带来欢乐。"

二年级的老师写道："特德很优秀，同学们都很喜欢他。但这孩子很不幸，他妈妈的病已到了晚期。家庭生活对他而言，将是一场考验。"

三年级的老师写道："妈妈的死给他很大打击。虽然他试着尽最大努力，但他的父亲对这些毫不在意。如果不采取措施，那会毁了他的。"

四年级的老师写道："特德对学习不感兴趣，他孤僻内向，没有朋友，有时还在课堂上睡大觉。"

直到这时，汤普森夫人才意识到问题所在，她为自己感到羞愧，圣诞节来临，孩子们都送来了精致、漂亮的礼品,煞是惹人喜爱,特德也送来一份,不过是用一个包装食品的旧褐色包装纸包裹着的。汤普森夫人却感觉心中沉甸甸的。

当汤普森夫人把特德的礼品打开时,她感到一阵心痛。里面是一只缺损了的人造水晶手镯和一只装着小半瓶香水的玻璃瓶。在孩子们的嘲笑声中,汤普森夫人当即把手镯戴上,惊叹道:"多美的手镯呀!"随后,她又把特德送的香水洒在手腕处——汤普森夫人的举动止住了孩子们的笑声,全场鸦雀无声。

那天放学以后,特德一反常态待了很久,仅仅为了和汤普森夫人讲一句话。他说:"老师,今天你的样子,和我妈妈一样,她常常像你那样,闻我送给她的香水。"

孩子走了以后,汤普森夫人哭了至少一个小时。从这天开始,汤普森夫人的教师工作多了一项内容,用不同的方式鼓励、诱导孩子们。

汤普森夫人给了特德特别的关注。她越鼓励他,他的反应就越敏锐。

学年结束的时候,特德已经成为班上最聪明的孩子之一。一年后,她在自家的门缝里发现了一封信,是特德写的。信中,特德告诉她,她是他一生中遇到的最好的老师。

80

六年过去了,汤普森夫人收到特德的第二封信。他写道,他已经高一毕业,在班上名列第二。转眼又是四年,汤普森夫人再次收到特德的信。特德说日子很艰难,但他顽强地抗争着,很快他就要以最优秀的毕业生身份离开学校。又过了几年,一封信又不期而至。不同的是,这一次特德的署名稍稍长了一点,前面冠以医学博士的字样。虽然特德每次来信的内容不尽相同,但每次他在信中都会说同样的一句话:你是我一生中遇到的最好的老师。

故事还没有结束。就在那年春天,汤普森夫人又接到一封来信。特德说他遇上了一个好姑娘,并且快要结婚了。他想知道汤普森夫人愿不愿意在他结婚那天,坐在新郎母亲通常坐的那个位置上。当然,汤普森夫人答应了。

那一天,汤普森夫人特意戴上那只缺了几颗石头的人造水晶手镯,喷上那只玻璃瓶里的香水。他们拥抱在一起,特德在汤普森夫人耳边轻轻说道:"谢谢,多谢你的信任,汤普森夫人。是你让我意识到自己很重要,相信自己可以非同一般。"

汤普森夫人含着泪花,大声说:"你错了,特德。你才是那个使我意识到自己很重要的人。在遇见你之前,我根本不知道怎样教我的学生。"

此刻,暖流淌过每个人的心田。

触动心灵的爱

◇赏析／李明高

俗话说:"老师是塑造灵魂的工程师。"只有触动心灵的爱,才会感召对自己失去信心的学生,这话一点不假。读了《最好的老师》,相信大家对这句话一定有了更深刻的体会和了解。

一个性情很乖张的学生,肯定是不讨老师的喜欢,也"与其他孩子合不来"。何况"总是穿着一身脏兮兮的衣服",而且"他的学习也很不好……"可是当汤普森夫人阅读了班上每一个孩子的档案后,老师的心弦"震惊"了,对特德的看法发生了根本的改变。原来特德现在一切表现完全是由于他母亲逝世,父亲不管他而造成的。

81

这样汤普森夫人从此对特德采取了一系列的措施,特别是给他加以母亲般的爱心与关怀,在具体施教中采用了"不同的方式鼓励、诱导孩子们",而且"给了特德特别的关注"。特德终于在爱心的呵护下感动了,成了一名优秀的学生。后来他给老师写了多封信,表示对老师的感恩;再后来他成了医学博士,在要结婚的时候又给老师发来了邀请函,要老师参加他的婚礼,老师欣然参加了。这时老师也感到了极大的幸福与满足,至此我们的老师真正是世界上最值得骄傲的人,老师的价值也就得以体现。

——触动心灵的爱,是塑造灵魂的法宝。

　　因为,我深深地认识到,正是他,我才懂得了什么叫坚定不移,什么叫爱,什么叫自信,也才懂得了给别人一个机会的意义所在,尽管你可能并不知道为什么要那么做。

风 的 问 候

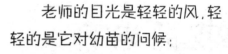

　　老师的目光是轻轻的风,轻轻的是它对幼苗的问候;

　　老师的目光是长长的线,长长的是它对学生的牵挂;

　　老师的目光是深深的海,深深的是它对世界的热爱。

> 我红着脸出来，三步两跳跑到教室里，嘴角里不自觉地唱着歌，那一整天我颇觉得有些飘飘然之感。

我 的 老 师

◆文/冰 心

我永远忘不掉的，是T女士，我的老师。

我从小住在偏僻的乡村里，没有机会进小学，所以只在家塾里读书，国文读得很多，历史地理也还将就得过，吟诗作文都学会了，且还能写一两千字的文章，只是算术很落后，翻来覆去，只做到加减乘除，因为塾师自己的算学程度，也只到此为止。

十二岁到了北平，我居然考上了一个中学。上课两星期以后，别的功课我都能应付自如，作文还升了一班，只是算术把我难坏了。中学的算术是从代数做起的，我的算术底子太坏，脚跟站不牢，昏头眩脑，踏着云雾似的上课，T女士便在这云雾之中，飘进了我的生命中来。她是我们的代数和历史教员，那时也不过二十多岁罢。"螓首蛾眉，齿如编贝"这八个字，就恰恰可以形容她。她是北方人，皮肤很白嫩，身体很窈窕，又很容易红脸，难为情或是生气，就立刻连耳带颈部红了起来。我最怕的是她红脸的时候。

同学中敬爱她的，当然不止我一人，因为她是我们的女教师中间最美丽、最平和、最善诱导的一位。她的态度，严肃而又和蔼，讲述时简单而又清晰。她善用譬喻，我们每每因着譬喻的有趣，而连带地牢记了原理。

第一个月考，我的历史得了九十九分，而代数却只得了五十二分，不及格！当我下课自己躲在屋角流泪的时候，觉得有只温暖的手，抚着我的肩膀，抬头却见T女士挟着课本，站在我身旁。我赶紧擦了眼泪，站了起来。她温和地问我："你为什

么哭？难道是我的分打错了？"我说："不是的，我是气自己的数学底子太差。你出的十道题目，我只明白一半。"她款款温柔地坐下，仔细问我的过去。知道了我的家塾教育以后，她就恳切地对我说："这不能怪你。你中间跳过了一大段！我看你还聪明，补习一定不难；以后你每天晚一点回家，我替你补习算术罢！"

从此我每天下课后，就到她的办公室，补习一个钟头的算术，把高小三年的课本，在半年以内赶完了。T 女士逢人便称道我的神速聪明。但她不知道我每天回家后，用功直到半夜，因做习题的烦难，我曾流过许多焦急的眼泪，在眼泪模糊之中，灯影下往往涌现着 T 女士美丽慈和的脸，我就仿佛得了灵感似的，擦去眼泪，又赶紧往下做。那时我住在母亲的套间里，冬天的夜里，烧热了砖炕，点起一盏煤油灯，盘着两腿坐在炕桌边上，读书习算。到了深夜，母亲往往叫人送冰糖葫芦或是赛梨的萝卜来给我宵夜。直到现在，每逢看见孩子做算术，我就会看见 T 女士的笑脸，脚下觉得热烘烘的，嘴里也充满了萝卜的清甜气味！

算术补习完毕，一切难题，迎刃而解，代数同几何，我全是不费工夫地做着；我成了同学们崇拜的中心，有什么难题，他们都来请教我。因着 T 女士的关系，我对于算术真是心神贯注，竟有几个困难的习题，是在夜中苦想，梦里做出来的。

85

有一天我在东安市场，碰见 T 女士也在那里买东西。看见摊上挂着的挖空的红萝卜里面种着新麦秧，她不住地夸赞那东西的精致、颜色的鲜明，可是因为手里东西太多，不能再拿，割爱了。等她走后，我不曾还价，赶紧买了一只萝卜，挑在手里回家。第二天一早又挑着那只红萝卜，按着狂跳的心，到她办公室去叩门。她正预备上课，开门看见我和我的礼物，不觉嫣然地笑了，立刻接了过去，挂在灯上，一面说："谢谢你，你真是细心。"我红着脸出来，三步两跳跑到教室里，嘴角里不自觉地唱着歌，那一整天我颇觉得有些飘飘然之感。

后来，她做着很好的事业，做大的事业，至死未结婚。六年以前，以牙疾死于上海，追悼哀殓她的，有几万人。我是在从波士顿到纽约的火车上，得到了这个消息，车窗外飞掠过去的一大片的枫林秋叶，尽消失了艳红的颜色。我忽然流下泪来，这是母亲死后第一次的流泪。

平淡的回忆永远的感激

◇赏析／冉彩虹

这是冰心先生怀念老师 T 女士的文章。读来让人感觉情深意切，师生之间的深厚情意弥足珍贵。

老师那美丽的容颜，友善的微笑，细心的关爱，真诚的帮助……足以让作者感动一生、难忘一世！

作者以"感激"为主线，选取了生活中的一些琐细但又十分典型的小事，来展示老师热爱学生的美好情感，同时也表现了"我"对老师的爱。T 女士与"我"之间值得回忆的事情肯定很多，作者没有面面俱到，而采用了这种一线串珠式的结构，更显得脉络清晰，重点突出，主题鲜明。

作者采用白描的手法，记叙自己同 T 女士交往的经历，字里行间渗透着强烈的感情，如"等她走后，我不曾还价，赶紧买了一只萝卜，挑在手里回家。第二天一早又挑着那只红萝卜，按着狂跳的心，到她办公室去叩门……我红着脸出来，三步两跳跑到教室里，嘴角里不自觉地唱着歌，那一整天我都觉得有些飘飘然之感"，把作者对 T 女士的热爱之情写得令人感动。

> 每当我站在讲台上，我就像我的老师一样，给我的学生开启文学之门，让我的学生在文学中寻回失落的美丽。

我的"藤野先生"

◆文/余 工

遥望中学，已时隔二十年，可是我的语文老师龚汉城却如在眼前。

我无需再另费笔力去描绘他的音容，因为有一幅现存的肖像画最适合他，那就是鲁迅笔下的藤野先生，除了没有一撇八字须，其他可谓惟妙惟肖，连朗读课文时抑扬顿挫的声调怕也毫无二致。

二十多年前的语文课本实在像政治读本，老师教得平淡，我也学得无味。可有一节语文课我至今记得清清楚楚。龚老师那天一反常态地对我们说："今天我们要学一篇课文《藤野先生》，这是文学作品，鲁迅是我国现代最伟大的文学家。"

这个黑瘦的、衣着模糊的藤野先生远远地从异国他乡走近我，我分明感觉到他内心深处蕴藏着博大的爱，当他得知他的学生要远他而去时，他把自己的一张照片送给他，背面还写上"惜别"二字。当我第一次读到这段文字时，竟不能自已。文学，原来能把生活中最有情感的东西展示出来，能把沙漠润出绿洲。我抬头望着正在上课的龚老师，他镜片后的眼睛似乎亮了些，他黑瘦的脸庞似乎有些红晕，他的声音高低起伏，又戛然而止，怔怔地望着我们。我凝视着他的目光，我明白，他就是我们的藤野先生。

厌倦了大批判的文章，我开始写散文，写老师，写同学，写亲人，写自己，写一切能抒发我情感的文章。好像龚老师评语一次比一次长，分数一个比一个高，龚老师在语文课上经常念我的作文，后来又把我的作文抄在大白纸上，先贴在教室门口，后贴在校园里。一张张大白纸上用毛笔抄着我的作文，字迹工整而清秀，我仿佛觉得他就是我的藤野先生。

中学毕业我便要背起行囊去插队,临别,龚老师并没有送照片给我,却给了我两本书,一本是《朝花夕拾》,一本是《呐喊》,这都是当时仅能公开读的文学作品,扉页上有工工整整的楷体"留念,龚汉城"。

之后,经历了考大学,由于数学成绩不佳,我未能考上梦寐以求的复旦大学中文系,进入了一所师范大学,我觉得我的作家梦,我的文学理想,就像放飞的风筝,远远地离我而去,心情很郁闷、失落。第一封信寄给的是我的老师,信中大概说了许多牢骚话。不久,我收到了回信,第一行字是:"亲爱的未来的老师",我不记得后面有多少鼓励性的话语,仅就开头这一行字,那么神圣、那么美丽,我明白今后该去做什么了。

后来,我也成了中学的一名语文老师,我常常向我的老师汇报我的教学成绩,比如获得了教学比赛一等奖,出书了,评上高级职称了。他总会很高兴,黑瘦的脸上洋溢着笑容。

一九九四年的一个暑假,我带着新出的一本书去探望老师,他正患乙肝在家。他的脸依然黑瘦,还透着点棕黄,他的声调依然抑扬顿挫,但语气急了些,他的眼睛没有以前亮,但更多了一分慈祥。我把书递给他,他翻到扉页上,上面我也写了一行字:"留念,您永远的学生"他笑笑说:"我们现在是同事,我不过比你年长。"并亲自拿来剪刀、胶水把"您永远的学生"贴没。

一九九七年龚老师患肝癌去世。我没有他的照片,不能像鲁迅那样把先生的照片挂在书桌前,每至夜间,瞥见先生的面貌,增加勇气。但龚老师的形象却永远伴随着我在课堂里,每当我站在讲台上,我就像我的老师一样,给我的学生开启文学之门,让我的学生在文学中寻回失落的美丽。

化作春泥更护花

◇赏析／刘 阳

　　"藤野先生"是鲁迅笔下的人物,他是鲁迅在日本学医时遇到的一位老师,其音容笑貌、为人处世给鲁迅留下了深刻的印象。本文中"我"的老师和鲁迅的老师藤野先生从形、神两方面联系起来,用朴素的语言描写了一个如藤野先生般关爱学生的老师——龚老师。

　　二十多年前作者从鲁迅先生的文章中认识了藤野先生,感觉到了藤野先生"内心深处蕴藏着博大的爱",同时也感觉到了文学的巨大魅力:"文学,原来能把生活中最有情感的东西展示出来,能把沙漠润出绿洲。"上文学课的龚老师与平时判若两人,"眼睛似乎亮了些","黑瘦的脸庞似乎有些红晕","声音高低起伏,又戛然而止,怔怔地望着我们",这模样简直就是鲁迅笔下的藤野先生。龚老师的眼神里饱含了多少对学生的期待啊!

　　当作者"开始写散文","写一切能抒发我情感的文章"后,龚老师对我的关爱和鼓励更是使"我"没齿难忘。龚老师对"我"的文章评语是越来越多,评价是越来越高,不仅把"我"的作文在班上念,还用"工整而清秀"的毛笔字抄了贴在教室门口,贴在校园里。龚老师于"我"在文学路上的帮助是巨大的,"我"分明觉得龚老师就是那个"内心深处蕴藏着博大的爱"的藤野先生。

　　龚老师毕竟不是"藤野先生",在他的身上还有许多更闪光的品质。为了使龚老师的形象更加饱满丰润,作者又记叙了龚老师为人谦逊的一面。在给作者的毕业赠书上,龚老师留下的仅有工工整整的几个楷体字;当作者的文学梦即将失落时,龚老师称作者为"亲爱的未来的老师";当作者给老师赠书留言称自己为"永远的学生"时,龚老师执意将"您永远的学生"贴没。这些无不给了作者人格魅力上的震撼。

　　文章结尾表达了作者对龚老师的敬重和怀念之情。龚老师的精神品质已深深地溶进了作者的心里,"每当我站在讲台上,我就像我的老师一样,给我的学生开启文学之门,让我的学生在文学中寻回失落的美丽。"我们看到,又一个藤野先生正徐徐地向我们走来。

让一个孩子的自尊心得到了最大的维护,从而拥有了向前的动力,最终取得了骄人的成绩。

忆 恩 师

◆文/博 文

90

"作业拿出来,没写没带的站起来。"每次听到这句再熟悉不过的台词,我们就知道,数学课又到了。

记得中学时期,只要下一节是数学课,常可以见到班上同学桌上摆着语文课本,底下塞的却是数学讲义,振笔疾书的样子。因为谁都不想被数学老师叫起来罚站,并且狠狠地捏耳朵,在众人面前出丑。

老师个子不高,声音却十分洪亮;表情严肃,私下却和蔼可亲;是同学们嘴里昵称的"忍者龟"老师。他的要求十分严格,也特别重视教学原则:课前预习、课后温习、作业准时完成。

放学后,球场上可以常常看见他的踪影,摇身一变,成为受人欢迎的神射手。

从小,我的数理能力可说相当不错,也特别的有自信和感兴趣,还曾当过补习班的小老师,赚进生平第一笔打工的薪水。上中学后没太大改变,数学成绩一直保持在班上前几名,所以老师很快就认识了我。

应该是初三上学期吧,有一次模拟考,我竟然只考了六十几分,老师虽然惊讶,但也只是摇摇头,轻拍一下我的肩膀。

接着月考更惨,才四十几分。他终于生气了,当着全班的面,用极为罕见的严厉语气,大声叫我的名字,说:"你到底怎么了?"并且捏着我的耳朵,转了好几圈。长这么大,还不曾受过这种羞辱,当时真想立刻冲出教室,找个地洞钻进

去。

之后,他示意同学自行温书,把我叫到教室外。这次他的态度却有了三百六十度的转变,亲切地询问:"怎么了? 最近是不是有什么心事? 可以告诉老师吗? 我相信你不是只能考这种分数的人。"

望着眼前慈祥的老师,眼眶里打转已久的泪水,再也忍不住而滴了下来。

"老师,对不起……"我一五一十地将事情说了出来。

他笑笑拍拍我的头,然后说:"傻孩子,下次别这样啦,知道吗? 好了,进去吧。刚才捏你那一下,现在还痛不痛? "我被逗得破涕为笑。

后来,模拟考成绩揭晓了,满分一共一百二十分,我竟然考出一百一十四分的成绩。老师点点头,笑一笑,没有多说什么。

这是我最后一次看见他迷人的笑容。在我们即将毕业的前夕,老师发生了意外,永远离开了他服务十几年的地方,离开了最爱的家人,还有我们……

事到如今,这段回忆已将近十年了。但是,偶尔经过篮球场,看见球员们拼斗的样子,我会停下脚步,在旁边静静的欣赏。

总是在这样的时刻,特别容易想起那段年少轻狂的岁月;何其有幸,曾经在某年的仲夏,中学的篮球场上,遇见一位钩射动作十分夸张的神射手——我最尊敬,也最怀念的叶克己老师。

于平淡中见真情

◇赏析/冉彩虹

这是一篇让人心生暖意的文章,它让我们看到了一幅美好、和谐的师生情谊图。文章语言质朴、平实,没有华丽的词藻,没有曲折的情节,但我们还是被字里行间中渗透出来的真情所感动。

作品中的主人公本是一个品学兼优的孩子,特别是"数理能力可说相当不错",而且"还曾当过补习班的小老师",很得数学老师的赏识。但后来由于一些特殊的原因,他的数学成绩退步了,"有一次模拟考,我竟然只考了六十几分";更为严重的是,"接着月考更惨,才四十几分。"故事到这里也进入了高潮,出现这种状况,老师一定是很着急的,那老师会怎么做呢?如果是在现实生活中,我们一定可以想见老师严厉的话语与失望的眼神,可作品中的老师在严厉的批评之后，是和风细雨般的问候与关爱，让一个孩子的自尊心得到了最大的维护，从而拥有了向前的动力，最终取得了傲人的成绩。同时也让我们看到老师对学生的关爱之情。

可就是这样的一位好老师，却遭遇了意外，过早地离开了人世，留给别人的是无尽的哀思与想念。作品在这感伤的笔调中结尾，寄托了作者对老师的无限思念，这种深情也在这平淡如水的文字中得以升华。

　　我抬起头，凝视着书橱里先生的遗墨，确信先生仍在关注着弟子的修身治学。我不能不谨慎着我的每一个脚步……

为人但有真性情——怀念王瑶老师

◆文/陈平原

93

　　先生走了，走得那么突然，那么痛苦，弟子一点心理准备也没有。半个月来一直恍恍惚惚，直到追悼会归来，才确信大树已倒，烟斗不再飘香，再也无法见到先生的音容笑貌。记得曾与先生谈起陶渊明的自撰挽歌，先生十分欣赏："亲戚或余悲，他人亦已歌。死去何所道，托体同山阿。"只是学生不肖，无法达观，也未能忘情，只能借此等世俗文字略表心意，实未敢打扰先生在天之灵。

　　学生三生有幸，得于先生晚年聆听教诲，也算了却平生一桩心愿。当年在广州念书，曾听过先生一次演讲，内容并没听清（先生山西口音很重），只是为先生那口衔烟斗怡然自得的神态以及那"莫名其妙"但确是发自肺腑的朗朗笑声所征服，就此决心北上求学。那时只有一个简单的想法，一个老学者，能于大庭广众中如此毫无顾忌地开怀大笑，足证其胸襟的坦荡以及充分的自信。五六年来追随左右，令我感叹不已的，主要还不是先生的博学深思，而是先生的"真性情"。有学问者可敬，有"真性情"者可爱，有学问而又有真性情者可敬又可爱。此等人物，于魏晋尚且不可多得，何况今日乎？知先生学识渊博者大有人在，知先生"为人但有真性情"者则未必很多。或许，这跟好长一段时间中国知识分子的经历实在过于坎坷，或多或少心灵都受到某种程度上扭曲有关；也跟我最早了解先生是借助撰写于四十年代的才气横溢的《中古文学史论》，而实际接触又是在其本性得到较充分表露的八十年代，漏过了中间一大段辛酸岁月有关。

　　先生的治学道路，正像他正在编撰的论文集副题所示：从古代到现代。先生早年治中古文学卓有成就,五十年代初撰《中国新文学史稿》,成为中国现代文学史学科的开创者。"魏晋风度"和"五四精神",不只是先生的治学范围,更是先生的立身处世之道。先生客厅里挂着鲁迅《自嘲》诗手迹和题有《归去来辞》的陶渊明画像,可作为其精神、情趣的表征。

我从先生念书数载,最大的收获并非具体的知识传授——先生从没正儿八经地给我上过课,而是古今中外经史子集"神聊",谈学问也谈人生;谈学问中的人生,也谈人生中的学问。在我看来,先生的闲谈远胜于文章,不只因其心态潇洒言语幽默,更因为配合着先生的音容笑貌,自有一种独特的魅力。先生习惯于夜里工作,我一般是下午三四点钟前往请教。很少预告规定题目,先生随手抓过一个话题,就能海阔天空侃侃而谈,得意处自己也哈哈大笑起来。像放风筝一样,话题漫天游荡,可线始终掌握在手中,随时可以收回来,似乎是离题万里的闲话,可谈锋一转又成了题中应有之义。听先生聊天无所谓学问非学问的区别,有心人随时随地皆是学问,又何必板起脸孔正襟危坐?暮色苍茫中,庭院里静悄悄的,先生讲讲停停,烟斗上的红光一闪一闪,升腾的烟雾越来越浓——几年过去了,我也就算被"熏陶"出来了。

94

先生晚年写文章不多,而且好多绝对精彩的议论也未必都适宜于写成文章。我一边庆幸自己有"耳福",一边叹惜受益者太少。好几次想作点笔记或者录音,又嫌破坏情绪,无法尽兴而谈。今年初,我和师兄钱理群商量好,拟了好些题目,想有意识地引先生长谈,录下先生的妙语和笑声,给自己也给后学留点记忆,我相信绝不比先生传世的著作逊色。只可惜突然的变故,使得这一切都成了泡影。从今以后,只留下无尽的懊悔和永远的遗憾。

先生爱喝酒,但似乎量不大,也未见先生醉过。大前年春节,先生留几位在京的弟子在家里吃饭,听说我不会喝白酒,先生直摇头:"搞文学而不会喝酒,可惜,可惜!"四十多年前,先生撰《文人与酒》一文,曾引杜甫诗:"宽心应是酒,遣兴莫过诗。此意陶潜解,吾生后汝期。"一九八六年先生为陶渊明学会题辞,又引录了这首诗。先生"诗"不大作,"酒"却是常喝的。"悠悠迷所留,酒中有深味"(陶潜《饮酒》)。喝酒不见得都有什么"寄托幽深",不过是"宽心"、"遣兴"而已。借用先生文章中的话:"酒中趣正是任真地酣畅所得的'真'的境界,所得的欢乐"(《文人与酒》)。整天醉醺醺自然不足为法,可"终年醒"者也如陶令所讥笑的"规规一何愚"。人生总是得意时少失意时多,总有忧愁需要排遣,神志清醒而又醉眼蒙眬的"微醺"大概是人生的最佳状态。可又有谁能保证不"酒入愁肠化作相思泪"呢?酒不一定能消愁,但酒肯定能助谈兴:"寄言酣中客,日没烛当秉"(陶潜《饮酒》)。先生酒后总是谈兴

倍增,而且更加神采飞扬,妙语连珠。我自惭不解酒味,可喜欢看先生饮酒,不为别的,就为先生的神聊将有超水平的发挥。如今,这一切也都成了过眼烟云。

学术上先生相当宽容,只要能言之成理就不再苛求,因此带出来的研究生颇有不守规矩者。可对人生,先生却并不怎么宽容,甚至可以说有点峻厉。几十年风风雨雨,多的是恩恩怨怨,先生不放在心上,并非健忘,而是推己及人,感叹"我在那位子上也许也会这样做"。可理解人性的弱点并不等于泯灭是非,先生谈到有些人和事时声色俱厉,就因为其并非"身不由己",而是"人品问题"。先生喜欢品评人物,也喜欢谈论轶闻琐事;不只是因其有趣,而是安危显大节,琐事见性情。先生往往于一些并不怎么起眼的小事中分析、判断一个人的性格、趣味和才情,而且确实有先见之明。我相信先生此等"识鉴"的本领是从魏晋文人那里学来的。与此相关的是先生那么多广泛流传的"隽语",几乎每个历史时期先生都有一两句名言流传下来。喜欢把深刻的生活感受凝聚成甚具幽默感而又容易记忆的简短句子,除了自身的敏锐和机智外,我相信跟《世说新语》的影响不无关系。多少人一辈子说不出一句属于自己的有意思够水平的"好话",先生却留下那么多耐人咀嚼的妙语,怎能不令人羡慕?

95

先生为人坦荡、达观,但又有点高傲、任性,有时甚至近乎专断——这一点子女及弟子的感受可能与外人不同。先生明显"内外有别",对一般朋友和客人注重礼节,可对子女和弟子却从不讲客套,批评起来一点不留情面,不止一个弟子被当面训哭。先生从不当面夸奖学生或者问寒问暖表示关心,似乎高傲而又冷漠;但大家都知道先生很有人情味,只是不愿表露。先生常暗地帮助学生解决实际问题,可当面偏又装得若无其事,决不允许向他道谢。这样一来,出现一个有趣的现象,先生和他众多弟子都不习惯于那种表面的"热情洋溢",见面时反而不如不见面时亲热。尤其是近两年,每次去见先生,先生都会兴奋或者惋惜地诉说,他哪一个弟子大有长进,或者哪一个弟子哪一篇文章写得不大理想。去年夏天的一个晚上,先生突然把我找去,告诉我他对我最近发表的几篇文章很满意,随后又为我写了一幅字:"讵关一己扶持力,自是千锻百炼功——读君近作书此志感",真的让我有"受宠若惊"的感觉。那个晚上,先生听我谈了我学术上的设想,然后才说:"本来我不给已经毕业的学生指什么路,每个人都应该自己去闯。既然你征求我的意见,我就谈些想法供你参考。"令我惊讶不已的是,先生是从我的性情和气质说起,然后才逐步转到如何在学术上发展自己。我乘机问了一些他对其他弟子的看法,先生实际上为弟子们想了很多很多,只是怕影响弟子自己的选择,一般不直接表示。

先生最后一次跟我谈学问,是在今年初冬时节。针对有人怀疑先生主持的国

感动真情系列
感动中学生的 100 个老师

家"七五"科研项目"近现代学者对中国文学研究的贡献"的价值，先生再次谈了学术史研究的意义，以及撰写中应注意的若干问题，并吩咐书出版时可定名为"中国文学研究现代化进程"。当我谈起从梁启超、王国维、鲁迅、胡适以来，这一百年的学术界颇给人一代不如一代的印象时，先生感慨良多，只说了一句："路要自己选择，认清了就一直往前走，不为时尚所动，也不用瞻前顾后。"我想这话包含着一代学者的辛酸苦辣。先生在学术上是有遗恨的，以先生的才华，本可在学术上作出更大的贡献。"文革"后先生曾有一个大的研究计划，可终因年迈精力不济而无法实现。他常说，一九五七年以前他每年撰写一部学术著作，一九五七至一九七七这二十年却一部著作也没出版。大家都说耽搁了，可耽搁在人生哪一阶段大不一样，正当创造力最旺盛的时候被迫搁笔，等到可以提笔时却又力不从心，这种遗恨只有个中人才能理解。先生再三叮嘱，大环境左右不了，小环境却可以自由创造，起码要自己沉得住气。

今年七月五日是先生七十五诞辰，我曾戏拟了一副祝寿的联语："清茶三盏纵论天下风云说了自然白说，烟斗一根遍打及门弟子挨过未必白挨。"如今，先生走了，再没有人拿着烟斗敲打我们这些没出息的及门弟子了。

夜已深，窗外似乎下着雪，我抬起头，凝视着书橱里先生的遗墨，确信先生仍在关注着弟子的修身治学。我不能不谨慎着我的每一个脚步……

96

用心来教

◇赏析／冉彩虹

陈平原是一位著名学者。北京大学现代文学研究生,师从王瑶。究其学术渊源,与恩师王瑶是分不开的。

陈平原在文章中,用"真性情"表现恩师的性格,是真正的"点睛之笔",因为他的确是一个性情中人。

二十世纪八十年代初,陈平原未入师门之前,在广州中山大学念本科时,就听过王瑶教授的一次演讲,虽然因先生山西口音重,内容没听清,但却被那"发自肺腑的朗朗笑声所征服"。做先生的研究生期间,"令我感叹不已的,主要还不是先生的博学深思,而是先生的'真性情'"。"先生从没正儿八经地给我上过课,而是古今中外经史子集'神聊',谈学问也谈人生;谈学问中的人生,也谈人生中的学问。在我看来,先生的闲谈远胜于文章,不只因其心态潇洒言语幽默,更因为配合着先生的音容笑貌,自有一种独特的魅力。"

王瑶先生的学问在文章里,在闲聊中,在课堂上;他的音容笑貌,他的真性情却在生活中,在一切地方都表现了出来。要做一个好老师,就要掏出一颗心来,露出自己的真性情,用心来教。

> 我一直不能忘记那个冬天，不能忘记那个曾经伤害过我又温暖过我的淳朴的孩子。

寒冬里的温情

◆文/邵凤臣

这是几年前的事了。

大学毕业后，我被分配到京郊一所偏远的中学里教书，故事就发生在那个寒冷的冬季。

清晨，我拿着教案走向那间刚刚熟悉不久的教室。一进门，一股难闻的气味钻进鼻孔。原来，放在教室门口的火炉里填满了黑煤球，冒着淡淡的青烟。"同学们，这样很危险，添上煤后一定要记住盖炉盖儿。"我边说边顺手拿起炉台上的火筷子。"老师，不要动！"可是已经晚了，就在这一瞬间，我尖叫一声，火筷子连同手中的教案一起扔到了地上。张开右手，掌心和五个指尖全被烫坏了，钻心的灼痛和莫大的委屈使我的眼泪夺眶而出。教室里立刻出现了骚动，此时的我却出奇地镇静，没有发火，甚至连一句责备的话也没有，任凭泪水无声地流着，只觉得我的心在隐隐作痛。

我俯身捡起教案，照例打开课本，开始讲课。一会儿，我听到抽泣声："老师，不要讲了。""老师，去上点儿药吧！"我模糊地看到，很多学生在和我一起流泪。"是谁干的，站出来！"一个男生厉声问。没有声音，出奇地安静。

我没有追究这件事，也不想去追究。学生的恶作剧带给我心灵上的伤害远比灼伤的痛苦要大得多，深得多。我的心很痛很冷，似乎比那个寒冷的冬季还要冷。

在一个飘雪后的黄昏，刮着刺骨的寒风，我执著地站在空旷的郊野，等待着最后一班进城的长途汽车。心里向往着属于我的那间温馨的小屋——那个可以为我

疗伤止痛的地方。然而天不遂人愿,夜幕降临了许久,仍不见汽车的影子,我焦急地伫立在风中,翘首企盼。孤零零的我,又冷又怕(这里偏僻,乘晚班车进城的人很少),只有呼呼的北风与我做伴。

暮色中,我看见几个骑车人向这边驶来,走近一看,原来是我的学生(学校要求上补习班,所以放学很晚)。"老师,车还没来呀!""老师您冷吗?我们陪您一起等吧!"学生们围到了我身边立刻赶走了我心中的恐惧与寂寞。"老师,车要是不来了,您就去我家住吧,我让我妈给您做好吃的。""还是去我们家吧,离这儿最近,家里可暖和啦!"孩子们的话撞击着我的心。"不用了,谢谢同学们,车会来的,大家快回去吧!太晚了,家长要不放心啦!"我大声对越聚越多的同学说。"没事儿,您一个人多害怕呀!有我们陪您,就不用怕了。"我突然感到一股暖流从心头涌过,眼睛热辣辣的。

这时,一个颤抖的声音飘过来:"老师,您的手还疼吗?老师,我错了,我不是故意的。"接下来是抽泣声。我一看,原来是班里最调皮的男孩子。我走过去抚摸着他的头说:"没关系,老师的手不疼了,我知道你不是有意的。"他抬起头:"老师,那天我大声喊'不要动',可是来不及了,呜呜……""老师知道了,去,回家吧!"男孩子们固执地不肯走。

天色完全黑下来了,姗姗来迟的公共汽车终于露面了。孩子们像小鸟一样雀跃着。"大家快回家吧!谢谢同学们。"直到我踏上公共汽车他们才依依不舍地相继离去……

离开那所中学已经好几年了,但是,我一直不能忘记那个冬天,不能忘记那个曾经伤害过我又温暖过我的淳朴的孩子。

99

心存宽容

◇赏析／卢丽丽

　　《寒冬里的温情》讲述了一位善良、宽容、大度的老师和一群纯真、热情的孩子们。由于学生的一个恶作剧,老师的掌心和五个指尖被炉台上的火筷子烫坏了,钻心的灼痛和莫大的委屈使老师的眼泪夺眶而出。然而,此时的老师却出奇地镇静,没有发火,甚至连一句责备的话也没有,只是怀着一颗被孩子们深深伤害了的心宽容了他们,忍受着肉体和心灵上的伤痛继续给他们上课。老师的宽容赢得了孩子们对她的爱。在一个飘雪的黄昏,孩子们忍受着刺骨的寒风陪着老师等车,并热情地邀请老师去他们家。孩子们的温情赶走了老师心中的恐惧与寂寞,温暖了老师那颗冰冷的、曾经被他们伤害过了的心。

　　《寒冬里的温情》让我们看到了一位可敬的老师,她有着一颗宽容的心。她宁愿自己忍受痛苦,也不愿发火,去伤害一群纯真可爱的孩子们。有宽容的付出,就有尊敬的回报。她以一颗宽容的心赢得了孩子们的尊敬,孩子们的爱。

　　我相信,得到别人宽容的人,将也会像别人一样宽容所有犯过错的人。社会是需要宽容的,特别是正处于成长阶段的孩子们更需要宽容。宽容于成长,就是阳光,就是雨露,就是爱。只要你心存宽容,即使在寒冷的冬天也会感到一丝丝温情。

> 在我这一辈子中，没有哪一天比这
> 一天玩得更痛快。

艰难岁月师生情谊

◆文/牧 惠

　　湘桂大撤退后,桂林沦陷了,梧州也沦陷了。处在粤、桂、湘三角地带的富(川)贺(县)钟(山)一带,变成了国民党政府管不着、日本鬼子懒得占领的一块飞地。何香凝、梁漱溟、欧阳予倩和一批进步的文化人如陈芦获、楼栖等都在这儿避难。莫乃群、千家驹在昭平黄姚办了一张用土纸印的四开小报《广西日报》(昭平版)和专署办的《八步日报》,自自然然地成了宣传进步思想的舆论阵地。我们学校也因此来了一批有学问的好老师。

　　同精神上的富足相反,物质生活十分贫困。穷学生冬天也只穿一条布裤,教室四面通风,不少同学冻得一边听课一边膝盖碰膝盖。衣服补丁加补丁更不在话下。晚上自修,最高级的油灯是从樟木提炼出来的樟木油;差一点的,干脆是点那些因为出口不了而屁钱不值的桐油。一夜下来,鼻孔被桐油熏成黑洞。能吃饱饭就算是最大的幸福了。老师也不比学生好多少。一位老师靠他的薪水带一个孩子就相当困难。我们的英语老师汤寿颐先生有一儿一女在学校读书,穷得连青菜都得自己种。汤老师浇水施肥的形象很特别,他穿着一件咖啡色人字呢大衣,衣领竖起来裹着脖子,双手提着粪勺的长把,像步兵持枪那样,操着正步来往于厕所与菜地之间,那情景一直到今天我仍历历在目。杜伯奎老师的儿子联壁,冬天只有一件当时叫做卫生衣的棉绒衫。北风一来,冷得他紧握拳头,伸直双臂。更惨的数一对老师夫妇。男的得了十二指肠溃疡,女的怀孕却又得了疟疾。一个寒冬夜里,大概因为吃了奎宁之类不适合孕妇的治疟药,女老师早产了,而且难产,半夜三更叫天天不应，叫地地不灵，无法找人帮忙。病重的老师只好起来侍候产妇。那结果，是男老师倒在地上死去，女老师也难产而死。出殡时，师生们齐声痛哭。

也许正因为如此，老师（军训教官和公民课即政治课教师除外）对我们这些穷困求上进的学生格外青睐。萧敏颂、曹国智老师介绍我们认识在《广西日报》（昭平版）编副刊的千家驹先生和陈闲先生，杜伯奎老师把一位在苏联某领事馆工作的朋友从苏联寄来、苏联出版的英文杂志《国际文学》和小说、报告文学小册子送给我学习翻译并亲自帮我修改……我们呢，也想出各种办法给老师解困。

大概是一九四四年，抗战已经到了第七个年头，我们也读到高二了，来了一位成庆生老师，他的英语很好，课也上得生动活泼。有一次，他找来两本薄薄的童话，在课堂上念一句，让同学们马上翻译一句。我们有一位从培道中学转学来的女同学，她的英语比大伙都好。深点的，她给译过来；浅点的，我们抢着译。大大增强了我们的听力和学习兴趣。同学们都喜欢他，尊敬他。记不得是哪位女同学建议，成老师只有一件毛衣，寒冬腊月也冻得够呛，大伙何不凑钱悄悄地给他做一件棉袄？穷是穷，敬老师这点诚意大家都不缺。你一角，他两角，居然凑够了这笔在那时看来不算太少的钱。

做棉衣的事情是在绝对保密的情况下进行的。只要让成老师晓得，他肯定会马上制止。买棉花，买布料，都还好办，余下的一些问题就得靠秘密研究来解决。首先，是做一件西式的大衣，还是做中式的棉袍？女同学用开玩笑的办法同成老师聊天，得回的情报是成老师更喜欢中式长袍，大伙也觉得长袍更符合成老师的名士派头。怎么决定尺寸呢？班里胡守恒同学个子最高，同成老师相等，就让他当模特，照他的身高稍加肥定做。我们决定给成老师一个惊喜。

入冬不久，还不太冷，棉衣终于做成了。在一次上英语课的时候，一位女同学代表全班同学的一番心意，把包得方方正正的黑棉袍，郑重其事地献给成老师。成老师惊而不喜：太耗费了！果真要做，也不必做长袍，做件棉衣岂不省好多钱？

第二年夏天，日本鬼子无条件投降了。这年冬天，我们毕业。成老师说，终于熬出头来，抗战胜利了，你们也毕业了，得高高兴兴地分手。我们准备了些最简单的饭菜，在县里著名的风景点浮山野餐。接着，划着浮山的两只渡艇，又唱又跳，又笑又叫，在江面上玩了一个通宵。事后，有好几个晚上，我们仍感觉到自己似乎还在江上晃着。在我这一辈子中，没有哪一天比这一天玩得更痛快。

同甘共苦乐以忘忧

◇赏析／王书文

　　孔子赞美颜渊说："在陋巷，一箪食，一瓢饮，人不堪其忧，回也不改其乐。"这种抱定一个宗旨，师生共度时艰的故事，实在感人。《艰难岁月的师生情谊》又给我们以启迪。

　　详略适宜巧剪裁。文章描写抗日战争中，一所高中学校的师生携手共扶，渡过难关的事。该有多少人和事要写呢？但作者采用特写镜头的方法，突出了成老师的英语课上得生动活泼和同学们"你一角，他两角"凑钱给成老师做棉袍的事，由倡议、凑钱、买布、买棉花、讨论式样、"刺探"老师爱好、课堂上赠送等情节组成，反映了深厚的师生情谊。而略写了当时当地的背景，老师的困境，一个家庭"男老师倒在地上死去，女老师也难产而死"，进步教师对学生的影响等。这样，就使"师生情谊"有了时代背景与基础。

　　语言朴实简练。本文没有在写"师生情谊"的文字上大抒其情，而始终是像一个历史老人那样在冷静地忆述着。如写难产的女教师和丈夫的双双死亡，作者说"出殡时，师生们齐声痛哭"，简洁得近乎吝啬，文章结尾说"在我这一辈子中，没有哪一天比这一天玩得痛快"。大概一因为抗战胜利，二因为毕业时师生难舍难分，而且这种精神交流也是对前面物质上"情谊"的有力补充。

> 只见联璧紧握双拳,穿过落叶纷飞的院子往家里走。我比他好,虽然只穿一条布裤,到底有一件毛衣加一件棉衣,于是不禁同情地对联璧说"你真经冻",联璧笑笑,用粤语唱:"顶硬上呀,鬼叫你穷!"我也跟着傻笑。

恩师杜伯奎先生

◆文/牧　惠

　　是性格关系,还是时代使然? 我印象中的杜伯奎先生,除了微微露齿一笑之外,从没有爽朗大笑的"镜头"。

　　日本帝国主义的入侵使我家乡这个本来就穷困的小山城更加贫困:同港澳广州联系的中断,使我们这里的土特产瓜子、冬菇、闽笋和桐油之类大大贬值甚至变得一钱不值,而我们所必需的生活用品即使像食盐这样普通的东西也变得非常金贵,于是,我们不得不在盐杂铺里挖地三尺把历史沉积在泥土里的盐分再生出来。点上既不明亮却能把鼻子熏成黑洞的桐油灯代替煤油灯,白报纸也成了奢侈品仅仅用于图画课……屋漏偏逢连阴雨,西药进不来,金鸡纳霜好几毛钱才能买到一粒,学校里偏偏流行疟疾。总而言之:日子难熬。

　　就在这时,杜伯奎老师来了。他是我们班的导师,上英语课。同他一起来的还有他的儿子联璧,比我低两班。

　　作为导师,杜先生主要的工作是阅读我们的日记。因为前面有章耀华导师的影响,班里爱好文学的同学比较多,日记写得都很认真,有喜欢在日记里写诗的,有作文式地吟风弄月的。我呢,则喜欢模仿鲁迅的杂文,对时弊有所揭露,有所针砭。当然十分幼稚,却引起杜导师的注意。除了细心批阅外,他还往往或发出赞同的褒奖,或指出偏颇和肤浅。我那时在报屁股上发表的一些习作,大都是从此产生。杜先生有一位朋友在苏联伯力领事馆工作,不断寄一些苏联外文书籍出版局出版的英文小册子(多半是卫国战争的小说、报告文学)和英文版《国际文学》给

他。他发现我课余还喜欢练习翻译,于是把其中一些书送给我,还在百忙中(除了当教师,他还翻译小说,后来在香港出版过)认真地帮我修改。这样一来,我同他之间的关系就越来越密切了。联璧也顺理成章地成了我的好朋友。

那时的老师待遇很低,即使加上微薄的稿费收入,杜老师父子的生活仍很清苦。印象特深的是冬天,北风吹得我们在课室里膝盖打架的时候,联璧惟一的寒衣是一件我们叫"卫生衣"的厚棉毛衫。只见联璧紧握双拳,穿过落叶纷飞的院子往家里走。我比他好,虽然只穿一条布裤,到底有一件毛衣加一件棉衣,于是不禁同情地对联璧说"你真经冻",联璧笑笑,用粤语唱:"顶硬上呀,鬼叫你穷!"我也跟着傻笑。

即使如此,杜导师仍千方百计地把我们往高处"导"。印象很深的一次是,杜导师"引进"一种我们闻所未闻的"辩论会"。题目是关于战争。他按教室的座位把我们一分两半,一边主张战争,一半反对战争,互相辩论,然后由他裁决谁胜谁负。听罢他介绍的办法,同学们都哈哈大笑,谁也不肯傻帽得站在主战一边。最后只好抽签决定哪边主战、哪边反战,然后给半个钟头做准备。倒霉透顶的是,我们这一边偏偏抽中了主战签。准备时,大家抱着必输无疑的心情,绞尽脑汁找战争的"好处"。对于一群刚上高中不久、几乎从未涉猎过社会科学书籍更不知马列主义为何物的少年来说,我们感受的全是战争带来的苦难、饥饿和死亡,我们搜索枯肠找出的说词不外乎是抗日战争的正义性,还有就是战争促使种学发达这条摇摇欲坠的"理由"。那结果可想而知,我们强词夺理得自己也禁不住发笑,杜导师也忍不住笑了。

105

学期结束后,杜先生先后受聘于平乐中学和县里的临江中学,但是我们却一直没有中断联系。杜先生是澄海人。八步镇有一家潮汕人开的商行,每逢寒假暑假,杜先生都带着联璧住在这家商行里,约我带着习作的剪报在八步见面。祖父和五叔在八步打工,从香港逃难回来的三叔在八步同别人合伙开皮鞋作坊。我在八步有了食住的地方,于是步行半天到八步住上三五七天。除了吃饭时间外,几乎全都在杜先生下榻的地方。或同老师聊天,谈我的学业,谈我的习作;或同联璧玩耍。一天,他们父子俩外出了。我无意中翻看了一个贴有许多剪报的大本子,发现杜先生除了翻译之外,还写了不少关于局势的论文,全是属于那时叫"进步思想"的东西。翻到一半,联璧回来了。他赶紧抢了过来,说这些东西不能看,更不能让人知道。尽管那时我还不知道杜老师是共产党员,却从此对他增加了一份尊敬。

抗战胜利后,杜老师去了香港,我考进了中山大学,距离又拉近了。除了不时寄一些好书给我外，他总是在信中嘱我假期到香港见面以解相思之情。我当然也很想去，但是花不起车船费，终于没有去成。直到一九四八年夏天，我奉命撤退到香港，才见到阔别数年的杜老师。这时，师母已从乡下来香港同老师团聚，晓乔小妹妹正在襁褓之中。知道我在广州待不下去了，他主张在香港给我找职业。我说我想去打游击，他既不反对，也不特别热心地默认了。现在回味起来，很主要的一个原因也许是，联璧已经决定入游击区，他很希望有一个人代替联璧的位置。由于幼年丧父，我同杜老师的关系是师生，却又比一般的师生深了一层，只是他和我都没有把话说穿。

我们再一次见面是一九五八年了。这时，已经是培侨中学校长的杜先生遭到港英政府的驱逐，先是暂住华侨大厦，然后全家从香港迁来住在东山。我也住在东山，见面的机会多了，但我们的谈话反而不如以前多。显然，一个接着一个的政治运动，使这位本来话就不多的广州市教育局副局长很难畅所欲言。这年春节，我去给老师、师母拜年，厅里坐满了从培侨回来上大学的同学。晓乔妹妹也已经是个亭亭玉立的中学生。杜老师把我介绍给这群同学，并对晓乔妹妹说："你读过的那本《情报》就是哥哥写的。"我握着晓乔的手，望着厅上围有黑框的联璧（他已于解放战争中牺牲于粤北）大幅照片，一时真不知道该说些什么。

106

"文革"结束后我被发配回广州，晓乔已经大学毕业并且结婚生子了。杜老师很高兴又见到我。他显得老了，仍然话不多，晓乔对我诉说了一番"文革"带来的磨难，而且对父亲什么也不愿意出头争取有所微言。

一九八〇年我再次调回北京，照例向老师师母告别。临走，才七十岁的杜老师竟说出这样的话：

"有机会就回来看我。我大概还可以有五年时间。"

我愣了，看看师母，看看晓乔。她们显然也是头一次听到这番话，非常意外。我赶紧说："你太悲观了！哪里会呢！"

果然不幸言中，一九八二年我收到晓乔的电报：杜老师去世了。我无法回去，只好拍了一个上百字的唁电给晓乔，表达我深深怀念的悲痛心情。

晓乔终于通过自己的努力出国深造了，临行前给我写来一封信，要求我设法搜集抗战时期杜老师在报刊上发表的文章。我复信到英国说，我将努力完成联璧如果活着也希望完成的任务，设法在桂林待一个月把事情办好。

但是，这回我可是放了空炮。

晓乔妹妹，你有理由责备哥哥说话不算数。

一个恩师与慈父的形象

◇赏析／王书文

　　一个学生跟自己的恩师有长达几十年的情谊,是难得的,是幸运的。

　　文中刻画了一个恩师——杜伯奎先生,既教学生知识,又教学生做人,更教学生及子女参加进步活动和革命事业。

　　正面描写与侧面烘托交替进行人物刻画。写杜老师给"我"们上英语课,给"我"阅读进步书刊,引导"我"们开辩论会,在八步镇与杜老师重逢,解放后与之再谋面及最后的诀别——都是正面描写,写杜老师执著、热情、坚强、低调的一生。

　　侧面烘托的笔墨也不少。写他的儿子联璧幼时乐观面对贫困,实是写受其父杜老师的影响。写"我"在他家偶然看到他写的"那时叫'进步思想'的东西",写他爱子联璧的牺牲,写他的女儿晓乔在"文革"后对"父亲什么也不愿意出头争取"有所微言,写晓乔结婚生子后仍出国深造,都从侧面写杜老师的生命之光,生前闪耀,身后仍在继续灿烂。

107

我希望有更多的年轻朋友们，都知道曾经有过一位善良和智慧的妇女，她毕生都热爱着纯洁和高尚的文学，渴望和追求着光明的世界。

怀念方令孺老师

◆文/林 非

我永远记得方令孺老师，严肃而又慈祥地站在讲台上，诚挚地诉说着对于文学艺术的种种见解，向往着许多无限美好的理想。

我是在复旦大学读书时，听过她一年文学写作的课程，永远记得她黑黝黝和胖墩墩的脸上，总是含着镇静和机智的笑容；而在圆鼓鼓的眼睛里，也总是射出一阵阵热情澎湃的光芒。她说话的声调，她挥手的姿势，她身上穿着的那套列宁装，都显得朴素而又平凡，然而她流露出来的神情，却又显得那样庄严、纯洁和高贵。

我朦胧地觉得，像她这样气质的人，总会关心着年轻的学生们。果然是如此，她批阅大家的作业时，那种认真和仔细的程度，实在使我感到惊讶。大学生的作文，也许还是幼稚的，却往往倾泻出内心的纯真，充满着美丽的幻想。她正是从一篇篇作业的字里行间，寻觅出这样的文句来，然后在课堂上逐一地讲评。当朗读着某位同学写得颇有韵味的段落时，她的脸上就布满了笑容，眼睛里闪烁着晶莹的泪光。她希望在我们这群青年男女中间，能够出现一批很好的作家，讴歌自己的祖国和民族。

有一回，我写了篇诉说自己母亲悲苦命运的诗，她在批改的意见中，说是有几句写得很动人，约我到她家里去详尽地交换意见。我走进她宿舍的小门，穿过短短的走廊，拐入一间矮矮的客厅，觉得真是个小巧玲珑和异常高雅的地方。红漆地板在阳光的映照下，闪闪烁烁地发亮。墙壁上挂着一幅绒毯，那碧绿的大树和妩媚的野花，立即把我领进了一片缤纷的世界。这世界并不在遥远的他乡，而就在窗外那

一架紫藤花的前面，几只画眉鸟正在草丛里扑腾着翅膀，飞向杨树的枝梢，一面还愉悦地鸣叫着。

我坐在沙发上，张望着茶几背后那尊玉石的雕像，分明是安徒生笔下那个海的女儿，一双秀丽的明眸，立即使我想到方老师站在讲坛上，眨着她那充满神往的眼睛。

方老师拉开客厅背后日本式的木门，从卧室里走了过来，刚在沙发上坐定，就专注地谈论着我习作的诗了。她一再重复地表示，只要是抒发自己的真情实感，而且文字必须透出一种自然和明朗的美质，这样就一定能写出好的作品来。

对于年轻人的一篇习作，她竟也如此认真地指点和探讨，使我感动得说不出话来，只是微微地点着头，揣摩和领会她谆谆的教导。她对于写作要凭真情实感，以及对于散文美质的主张，可以说是影响了我的一生。每当我下笔撰文，或者发表关于散文创作的主张时，总会想起这位知名作家几十年前说过的话语。她对所有的学生，都是这样真诚的相待，约大家去谈话，指点大家写好文章。有不少同学被她这种诚挚的情绪所感染，常常上她家里去请教，我自然也是其中的一个。

见面多了，说话就更随便和广泛了，谈文学，谈历史，谈人生，谈理想，我多么爱听她亲切和充满了诗意的谈话。记得有一天，她依旧是从我写自己母亲的那篇习作谈起，说到妇女们在旧中国悲惨的命运时，她噙着泪水，很激动地诉说着自己的经历。她嫁在一个阔绰的富豪家庭里，在那座用金丝编成的牢笼中，没有自由，没有尊严，没有独立的意志，历尽了精神上的折磨，终于冲闯了出来，过着依靠自己劳动度日的崭新生活。她真是追求妇女解放的先驱者和实践者。听着她的话，我不能不想起自己的母亲，因此也默默地淌下了眼泪，思忖着跟方老师同样聪颖和善良的母亲，为什么无法改变自己寄人篱下的惨淡命运？而比她还要年长几岁的方老师，却能够坚强地突破家庭的樊篱，实现了自己的理想？

"人的命运真是变幻多端，你少走了一步，或者不敢再往前冲去，就会求生不得，求死也不得，这样活着也许比死亡还痛苦，所以要勇敢，要奋斗，要越过有形和无形的死亡。"她紧紧地摇着拳头，眼睛里那一阵朦胧的泪光，在突然之间消失了，顿时变成一道灼热和强烈的光芒，聚精会神地望着前方。我不由得钦佩地瞧着她那副凛然不可侵犯的表情，像是瞧见了她艰苦卓绝的一部奋斗史。这位和蔼可亲的老师，有着一颗多么刚毅和坚韧的心。

我到北京工作以后，也常常思念她，断断续续地给她写信。她那时已经调往杭州担任浙江省文联的主席了。她是个仔细和认真的人，千头万绪的工作，想必会够她忙碌的，却也从未耽误过给我回信。她说起在新的工作岗位上，结识了好多从前不认识的作家,说起她在绍兴漫游的豪兴。我觉得她的心情是欢快的,她想多多地贡献自己的力量,我为她高兴,为她感到骄傲。

她每年来北京开会时,总要约我去看望她。我们每一回都谈得高高兴兴的,她总是鼓励我做好自己分内的工作,还希望我继续练习写作。记得有一回她来北京前,随便翻阅手头的《诗刊》时,看到了我发表在上面的《泰山的诗》,竟当着我的面,朗诵了其中的两句,赞许这首词写得还有意境,问我能够背出来吗?真想不到她还这样认真地背我的诗,一种感激的情怀,把自己的心冲撞得不住地颤抖,可是我又确实背不出自己写的诗。她睁着又圆又亮的眼睛说:"做诗,得认真推敲,反复斟酌,这样自然就背出来了,以后写诗要注意这一点!"也许是为了给我作出示范的缘故,她铿锵有力地背诵着自己在前一年发表的散文《山阴道上》。听着她充满柔情的声音,就像是听门德尔松的《春之歌》那样,觉得回肠荡气,令人神往。

我真钦佩坐在自己对面的这位老师,总是把文学创作看得如此严肃和神圣。正是这样的精神,影响了我在毕生的写作中,都字斟句酌地去吟味。可惜的是我放弃了诗歌的写作,只写散文和文学批评了,而且也写得很少,简直少得可怜。

110

我跟她最后一次的晤面,是在一九六六年的暮春季节,她前来北京参加一个文艺方面的会议,约我去看她。记得我是在那天的清晨,就赶到她住宿的华侨饭店,在她的屋子里谈了许久之后,她又要我陪着一起下楼,走到美术馆门外的绿树丛中去散步。那一回见面,我觉得她不像从前那样愉快,话说得很少,声音显得低沉和缓慢。她老是端详着我,一本正经地问我,如果在当时已经显得火药味十足的思想批判运动,再进一步往前发展的话,能不能经得住考验?

我当时真的一点儿都没有预感到,在短短的两个月之后,那场令人恐怖和战栗的"文化大革命",就在整个中国的大地上爆发了,只是整日为那种愈来愈不讲道理,因而觉得自己永远也跟不上去的思想批判运动,感到心烦意乱,惆怅地摇摇头。

"应该经得住一切考验。你上大学时,可能是受到我们这些老师的影响,总也改不掉唯美主义的习气。"她默默地瞧着我,忧郁地笑了。我至今还咀嚼着她说过的这几句话,我终于懂得了,她因为在当时知道更多来自高层的消息,所以不像我那样闭塞和无知,却比较清楚地预感到,那场从未见过也无法抗拒的灾难即将降临,才会如此苛求自己,才会如此语重心长地叮咛我。

我们沿着大街,默默地走了很长的一段路,她终于又高兴地说话了,回忆在斯

德哥尔摩参加世界妇女保卫和平大会时，曾跟几位中国代表去外面参观，返回旅馆时忽然迷了路，她嘱咐伙伴们不要慌张，并且仔细地辨认着路途，终于找到了住宿的旅馆。说着这些往事时，她又充满信心地笑了。

骇人听闻的"文化大革命"爆发了，在那些充满辱骂和殴打的日子里，有不少性子刚烈的人，因为受不了折磨和蹂躏，走上了自杀的路。我十分担心方老师的安全，她冲破过家庭的羁绊，却无法躲避这时代的狂潮，不知道她的处境和心情究竟怎样了，给她写过几封问候的信，却像石沉大海似的，丝毫也没有回音。大约在一九七四年，她才寄来了一封信，说是已经"解放"了，一切都很好，盼望我能有机会去杭州看望她。她一点儿也没有说起自己吃过的许多苦头，也许是不屑说吧。我深知她思想的高雅，常常做着美丽的梦。她甚至还有洁癖，有一回我在她家里吃饭时，她不小心把一粒虾米掉在地下，赶紧弯着腰到处寻找，说是弄脏了地板，就吃不下饭了，她确实是怕看和怕说不干净的东西。不过从信上的口气感到，她的心情还并不太坏，她总是对未来充满了天真的希望。

在当时的气氛中，我自然是没有机会出差南下的，只好这样断断续续地通着信，好像是到了第三年的夏天，就再也盼不到她的信了。一九七八年的初冬时分，我去黄山参加"鲁迅讨论会"，见到来自杭州的老作家黄源，说起她过世的情形，我才知道当自己正等待着她的来信时，她却悄悄地离开了人间。那天傍晚，我张望着从山峦背后西沉的一轮红日，沿着松树底下的小路，沿着溪水旁边的小路，飞也似的奔跑着，我不知道自己想干什么，我似乎要忘记那无法忘记的往昔，我怕自己被太多的痛苦所压垮。

每当怀念这位敬爱的老师时，我就拿起她的散文集《信》来，反复地阅读着。虽然在几十年前曾读过这本书，却是愈读愈感到有无穷的韵味。她写得多么清新，多么俊秀，多么蕴藉，多么亲切，多么充满了诗的意境，多么闪烁着聪颖的思索，因此我在十多年前撰写《现代六十家散文札记》时，就情不自禁地写成了评论她散文的章节。我希望有更多的年轻朋友们，都知道曾经有过一位善良和智慧的妇女，她毕生都热爱着纯洁和高尚的文学，渴望和追求着光明的世界。

《现代六十家散文札记》问世之后，有几位研究散文的朋友告诉我，台湾刚出版了《方令孺散文集》，是梁实秋作的序言，记得方老师曾告诉过我，她跟梁实秋在重庆同事时，有过不少的交往。梁实秋是新月派的著名评论家，又擅长于撰写散文，由他来评说方老师的这些佳作，想必会有很多精辟的见解，因此很想找来看看，却至今还没有找见。后来又听说上海出版了《方令孺散文选》，同样也没有看到过。幸亏手头有一部巴金的《随想录》，我把收录在其中的那篇

《怀念方令孺大姐》，读了不知道有多少遍，虽说还未能背诵，却也可以详细地复述它的内容了。

我多么想超越死亡的界线，重新见到方老师的面。我常常幻想着，她似乎还活在另一个缥缈的世界里，依旧在沉思和吟哦着，依旧在回忆着地平线上所有的朋友和学生们，当然也猜到了我对于她的思念。

师生之谊性灵相约

◇赏析／王书文

林非的散文《怀念方令孺老师》写的是一个女作家老师跟以后成为作家的学生之间的性灵相约、师生之谊，写一种真善美的传承。

尊师与爱生的交响乐。这不是一般的学生对老师的感激与怀念，而是两个志同道合者、两个性灵相约者的互相激励与欣赏。写尊师敬师与爱生是互动的，"我"觉得她（方令孺老师）"显得那样庄严、纯洁和高贵"，写她朗诵学生的习作时，"眼睛里闪烁着晶莹的泪光"，她约"我"到她家里谈文学等，谈她自己冲出"金丝编成的牢笼"，"我""不由得钦佩地瞧着她那副凛然不可侵犯的表情"，"我到北京工作"后，也常常思念她，断断续续地给她写信，"她每年来北京开会时，总要约我去看望她"，知道她"过世的情形"，"我""飞也似的奔跑着，我不知道自己想干什么"。

作文与做人的玉石雕。方老师教学生作文，也"如此认真地指点和探讨"，"对于散文美质的主张，可以说是影响了我一生"，"她朗诵我的诗"，"背我的诗"，背诵她自己发表的散文《山阴道上》，极大地影响了"我的散文创作"，而且还关心"我"的做人，在"文革"到来时，对"我"说："应该经得住一切考验。"包括后来写台湾出版《方令孺散文集》及"我"反复读巴金的《怀念方令孺大姐》，都印证了那句话——方老师"那尊玉石的雕像"。

白粉笔、绿粉笔、黄粉笔、红粉笔,笔迹一层层往上压,一堂课下来,一面黑板让他写得色彩缤纷。

美英的一种感觉

◆文/佚 名

113

美英的心里升起了一种很美好的感觉。这种感觉,既像一枚暖暖的红太阳,又像一枚亲亲的绿月亮。

美英已经开始写日记了,每天一则,把心曲抒发成潺潺流淌的清泉。

完全是因为美英喜欢上了语文课。美英真的好喜欢听刘老师讲课呢,一听见刘老师那优美的北京口音,美英心里的花朵就热烈地开放了。

当然,同学们都喜欢听刘老师讲课,刘老师每一瓢水,都能把大家浇灌成幸福的花朵。刘老师真优秀啊,古今中外,没有他开不了的锁。刘老师像一把光芒万丈的金钥匙,迷倒了大片青春少年。

刘老师讲课是很有派头的,或声情并茂,或娓娓道来,每讲到情感喧腾处,就用粉笔在黑板上疾书,龙飞凤舞一般。白粉笔、绿粉笔、黄粉笔、红粉笔,笔迹一层层往上压,一堂课下来,一面黑板让他写得色彩缤纷。

刘老师从来不擦黑板。

当然,同学们都争着擦黑板。美英也很想去擦黑板。但是她不能够。因为她是个袖珍型女孩,缺少身材优势。美英就在日记里记下观看擦黑板的感想,一种观赏五谷丰登般的很美妙的感想。

终于有一天,美英听见一个擦黑板的男同学说:"压色王,刘老师真是一个压色王!"同学当场爆发大笑,大家都想到了"压色王"是"亚瑟王"的谐音,而"亚瑟王"是中世纪传奇故事中不列颠国王。这个玩笑也许开得过于热闹了,美英一下子觉得心情沉重起来。

刘老师全然不知自己荣获了"压色王"的雅号,仍然龙飞凤舞般在黑板上抒发豪情,将彩色粉笔书写了一层又一层。这个味道十足的"压色王",真的有英国骑士团首领亚瑟王的风度呢。"压色王"一叫就响了,红遍了校园。

美英的脸蛋已经开始为刘老师发烧。

美英决定给刘老师发一个信息。美英就写了一个简短的字条,夹在语文作业本里。美英在这个字条上,希望刘老师注意了,不要当"压色王"。

美英播种了一个很诚实的希望。刘老师收到美英的信息,第二天就有了表现。刘老师认认真真地擦黑板了,写一批字就擦一次黑板,再不当"压色王"了。

刘老师甚至在看美英时微笑。

美英却觉得刘老师的笑容别有一番味道。因为她已经感到刘老师的课堂风格变了,刘老师减少了些许幽默,减少了些许创造。刘老师讲课再不是从前那样信马由缰了,刘老师开始循规蹈矩地讲中心思想,讲句子成分。

美英渐渐地觉得语文课没有味道了。

还是那个给刘老师发明"压色王"绰号的男同学,有一次课后大声质问道:"是谁打小报告了,怎么压色王不压色了!"

这时候美英才发觉自己真蠢。

刘老师每次见到美英都很客气,总是鼓励美英好好学习,一定要考上大学。

美英每次都微笑着和刘老师说话。但她的心池已经不能激荡起一丝涟漪了。美英已经很长时间不写日记了。

美英后来报考了北京的一所大学,也就是刘老师毕业的那所大学,美英惊奇地发现,这所大学的老师中,有许多"压色王"。

美英又开始写日记了。

一份感觉,一份深情

◇赏析／胡从登

一篇文章,一个人物,一部活生生的人生教科书。

刘老师带给学生的感觉"既像一枚暖暖的红太阳,又像一枚亲亲的绿月亮"给人温暖,让人亲近。他那纯正的京腔,他那横溢的才华;他的课堂"声情并茂"、"娓

娓道来";他的"奋笔疾书"、"龙飞凤舞"……于是学生给了他"压色王"的雅号。可正是"压色王"一事改变了刘老师的风格——美好的课堂不复存在。读罢文章不禁让人有一丝淡淡的苦涩。同时,我们又似乎感悟到:一个人的风格是不能用完美的标准来衡量的。这一点也正是作者的良苦用心吧!

文章的脉络在"变"与"不变"中延续,而师生的情谊在"变"与"不变"中加深。

"变"。一是刘老师的课堂风格在变,由"从前那样信马由缰"到"循规蹈矩",由"压色王"到"写一批字就擦一次黑板";二是学生对课堂的感受在变;三是美英的心境与是否写日记在变。

"不变"。指的是学生特别是美英对刘老师的钦佩之情和刘老师刘学生对教育事业的一份责任心不变。

细微之处见真情,也是本文的一大特色:学生们争着擦黑板,美英有"一种观赏五谷丰登般的很美妙的感想"等等一些细节的刻画,无不尽情诉说着浓浓的师生情谊。

偶尔，我也会翻开十七岁的日记，会
因忆起和谢风老师在一起的阳光岁月泪
流满面。

老师远去的背影令我伤心

◆ 文/曹晓岚

116

念高二那年，我的功课非常糟糕。谢风老师接管我们班之前，我已被历届班主任找去单独谈过话，早已经"皮"了。

谢风老师毕业于西北大学，学识渊博，讲起课来生动而有趣，是一个对学生非常好的长辈。其实，谢风老师不过三十五岁，一点也不老。

谢风老师来教我们班不久，就成了好多女生的偶像。我在听他讲课时，也往往会为之沉醉。但我和谢风老师一直很疏远，原因是我的功课实在是太糟糕了。

这年期中考，当我又"光荣"地拿了个倒数第一时，我被谢风老师扣下了。

谢风老师第一次沉下脸质问我："为什么要旷课？"

他把考勤本递给我，我才发现，一个月内我竟然旷了十天课，早该开除了。

我迎着他的目光，毫无悔意地答："如果你今年十七岁，你的父母离婚，你还有兴趣读书吗？"

他怔一下，继而说："从今天起，你每天留下来，我给你补课。高中二年级是最重要的一年，如果你考不上大学，你会后悔一辈子！"

我看了他一眼，并不把此话放在心上。

隔日，我照例没有去上课，艳阳高照了，还躲在被窝里听 CD。母亲出去约会，她抛弃了我爸，却不结婚。作为一个母亲，她只负责给我钱花，给我买上一件件昂贵的服装，但她却没给我一个女儿所需的情感，每次看见她涂脂抹粉，飘然而去时，我觉得整个心都疼得揪起来。

那天,我的心情无比烦躁,又一次躲进理发店烫头发。

谢风老师找我一直找到了理发店。他盯着我的头发,眼光逐渐严厉起来。接着拿出钱包,拿出几张钞票交给理发师,冷冷地说:"请您把她头发洗了。"

在他的注视下,我乖乖地洗了头发。谢风老师一直在旁边坐着,一言不发,等了我近两个小时。

等我洗直了头发,站在他面前时,才发现他的衣裳竟然是湿的。刚才下场大雨。他一定走了不少路。

我心里涌过一阵歉疚,问他:"谢老师,你何苦?"

他抚了抚我的头,只说了一句:"我不忍心看你如此下去。"

那一天他告诉了我一个青年的故事:十多年前,在陕北一个荒僻的小县城里,全村的人都来为一个青年送行。他是这个小县城里头一个考上大学的人,全村人都为他感到骄傲。他的家庭贫困,根本交不起学费,大学几年,他便靠着东家西家南家北家的接济生活着。然而,陕北实在是个太苦的地方,大家救济他也是心有余而力不足。对他而言,读大学实在是太重要了,他需要用知识来改变父辈的贫困。于是,他咬咬牙,开始勤工俭学,甚至卖血……

 117

从理发店出来时,天已黑透了。谢风老师脱下外衣为我披上。那晚,他为我补课到深夜,临送我回家时才说:"那个卖血的青年就是我。我在陕北教了八年书,最近才调过来。"我怔了一下。他又说:"也许,念不念大学对你来说都无所谓,但你想过没有,总有一天你要离开父母,多学点东西总是好的。"

昏暗的光线中,谢风老师的眼睛黑亮而伤感。我忽然凄恻不忍。这种感觉,好久都没有了。

短短的三个月,我和谢风老师接触频繁,除了按时上课,课余时间也大半与他待在一起。

那天,我又去找他。在办公室门口,却见他背朝门坐着。我走近了,才发现里面还有一个女人,女人对他说:"这些日子你早出晚归的也不知道忙些什么,一个月就那么点工资,也不知为谁卖命呢!你看大李下海两年,家里已是要什么有什么。你整天和这些小孩泡在一起有什么出息?"

我站在门外,没有进门。只看见谢老师则双手抱头,非常痛苦的样子。

那一刻,我真的很想从背后抱住谢风老师,让他哭出声来。

冬天快要过去,新年晚会上,我和谢风老师合唱了一首歌。此歌是男女声合唱的情歌,与谢风老师搭档的女老师临时有病未能参加,于是我被赶着鸭子上架。

没想到一首歌引来了众多人的猜测,我原先名声就不好,加之谢风老师为我补课之事的演绎传播,一时间我和谢风老师竟然成了校园里的新闻人物。

他过生日那天,我特地买了康乃馨前去祝贺,没想到却被他的妻子拦在门外。

谢风老师的妻子还跑到学校,在校长办公室大闹了一番。

不久后,他将被调回小城。

谢风老师临走的前夜来看我。

明明是春天了,风却刮得那样大。我和谢风老师站在空无一人的街道上,好久都说不出一句话来。谢风老师微笑着拍拍我的肩,低语道:"别难过,打起精神,好好念书,好吗? "

我抓住谢风老师的手,哭了。

我是一个如此寂寞的女孩,在这个世上,除了父亲之外,他就是我惟一亲近的人。这些日子他给了我父亲般的温暖,然而,周围人为什么要以想像来猜测我们之间的纯洁呢?

就这样,谢风老师从我年轻的生命中走了。他临走时没有给我留下任何通讯地址。

一年后,我考上了大学,十七岁的雨季终于成为过去。以后我再也没有见过谢老师,然而我却时时会想起他。偶尔,我也会翻开十七岁的日记,会因忆起和谢风老师在一起的阳光岁月泪流满面。我想知道谢风老师的下落,可是,谁能告诉我……

118

关怀如父爱,思念到永久

◇赏析／李明高

读完《老师远去的背影令我伤心》掩卷深思,不禁令我振腕长叹:这样的人间"悲剧"为什么也会在师生身上上演?异性之间即使是师生,接触过密也会引起非议,甚至导致家庭动荡与离异,或者是老师本人的调离。可我们的老师究竟做错了什么?

文章按"女生的偶像——期中考——理发店事件——师生绯闻——永久的思念"这样来结构全文,层次清楚,条理分明。

三十五岁的谢风老师的课"生动而有趣",很快就成了"好多女生的偶像",即使是像"我"这样一个"功课实在是太糟糕"的女生,对他的课"也往往会为之沉

"醉"。后来经过期中考试老师与我的谈话；理发店里老师坚持让我洗掉烫发，又为我付款，并讲了他自己靠"卖血读书"的经历；再到后来的"接触频繁"，引来他的妻子到学校去闹得满"校"风雨，引来非议与绯闻；最后导致谢老师被"发配"小城，一去就没有"回来"，以至连他的地址"我"都不知道；后来我终于考取了大学，实现了老师和"我"共同的心愿，可找不到那个充满父爱的给"我"第二次生命的老师去共庆与倾诉，只是留下了永久的思念……

　　读完全文，我们在为那个终于考上大学的女生"我"庆幸的同时，是否如那个女生一样"会因忆起和谢风老师在一起的阳光岁月泪流满面"呢？

　　谁能说这不是悲剧呢？

不过,"铁马冰河入梦来",曾有多少次,在梦里浮现出他的胡子,他的眼镜,他的笑容……

我的老师大伙伴

◆文/王柳青

120

　　弹指一挥间,三年的初中生活从身边溜走了。然而记忆却毫不褪色——我初一时的语文老师,一个坦诚、执著追求事业的普通教师,一个随和可亲的大伙伴,成了我永远珍藏的记忆珍宝。

　　那是开学的第一节课。铃声一响,我们这些新生都伸长了脖子,瞪大了眼睛直瞅着门外——一个魁梧的身影跃进视野。我定眼一看,不由得倒抽了口冷气:"来者不善!"只见他满脸胡子拉碴的,头发就像鲁迅先生的一样,一根根精神抖擞地竖着。惟有那同胡子一起挂在脸上的笑容和两片厚得像酒瓶底似的镜片让人隐隐感到一丝安慰。

　　"我姓王,""魁梧"转身写了一个大大的"王"字。"大王的'王'。"他补充说。我们一下子"哄"了起来,老师也笑了。笑声中,我才发现他并不怎么可怕,两只躲在镜片后的眼睛更是盛满了平易近人的笑意。

　　不知不觉地,下课的铃声响了。我似乎第一次发现,四十五分钟原来只这么短!

　　奇怪的是,下课了,王老师并没有马上走,而是直向讲台下走来——是不是说我们笑得太厉害了呢?那实在是老师太幽默了呀!正想着,他已经微笑地走过我的桌边。我转身一看,几个男生正拉开架式准备走象棋!——糟了,一定要没收!果然,老师拿起一粒棋子掂了掂:"你们也会走呀!好,咱们以后比试比试怎么样?不过,"——我的心一紧,老师却把棋子放下了,"要么不下,要下就要下好,就要有充裕的时间考虑。下课十分钟太短了,到外面去走走,对学习和身心都有

益！"一番话,直说得当事者直点头,我倒愣了:要和学生比棋? 怎么就没一点"老师相"呢!

同普天下的中学生一样,刚升入初中的我们大都怕作文。为此,王老师可说是费尽心机。先在班上组织兴趣小组,然后带领我们走向社会,过一回记者瘾;游风景名胜,添几分热爱山河之激情。而每每发现同学的"佳作",他又是要"作者"朗诵,又是向外投寄,让我们品尝、分享成功的喜悦。"一份耕耘一份收获",我们的作文水平提高很快,在校作文竞赛中,我们班频频获奖。

记不清是在一个星期几的下午,语文老师春风满面地走进教室,手里挥动着一个大信封——我们班同学的一篇作文发表了!教室里一片沸腾,大家直嚷着"请客!"那位同学红着脸一言不发,王老师倒乐哈哈地连连说:"好,好,我请客,我请客!——师徒如父子嘛!不过,下不为例!"当即掏钱买来瓜子。分瓜子了,我们每人一把,老师却要两把。他说:"很简单,我是大人!"理由近乎荒诞,但我们毫无办法。几位调皮的男生却不管那么多,等老师正吃得津津有味,突然从后面抓了一把,撒腿就跑。老师欲追而不得,因为身前身后已伸出无数双手。他只得死死捂住剩下的连声叫唤:"哎,哎,你们怎么可以……"这时我们早已在底下笑得捂着肚子直叫痛了!

从不像有的老师那样,一听公开课就先排练后表演。记得有一次,当我们得知下节课听语文时,都紧张得不得了。老师进来了,笑着说:"你们怕什么? 老师们只看我的!我反正胡子拉碴脸皮厚,由他们看好啦!"几句话说得我们又像平时一样嘻嘻哈哈起来——那节课上的是《为学》,结果不用说,当然是 OK 啦!

这就是我初一时的语文老师,一个诚实、随和、幽默、可亲而又知识渊博的大伙伴。只可惜到了初二又重新分班了,王老师就再也没教我的语文。现在,远在他乡就读的我,更是难得见上他一面。不过,"铁马冰河入梦来",曾有多少次,在梦里浮现出他的胡子,他的眼镜,他的笑容……

紧扣题眼不枝不蔓

◇赏析／张 洁

师生之间是个永远也说不完的话题。老师对学生的慈爱、呵护、教育有时胜过父母,而学生对老师的尊敬、拥戴,乃至于依恋与信任也不次于父母。所以人们往往把父母和老师相提并论,并且有人说:世上只有两种人希望别人超过自己,那就是父母和老师。但师生之间能成为"伙伴"关系的却不多。而本文写的恰恰就是师生的"伙伴"关系。

这篇叙事散文紧扣"老师""伙伴"二个词展开,不枝不蔓。文章共写了四件事。一是老师自我介绍。初次进教室,老师向"我"们作自我介绍:"我姓王,大王的'王'。""我们一下子'哄'了起来,老师也笑了。"这一笑,一下就缩短了师生之间的心理距离,"笑声中,我才发现他并不怎么可怕,两只躲在镜片后的眼睛更是盛满了平易近人的笑意。"这就为成为"伙伴"奠定了基础。二是要和学生比下棋。下课了,几个男生拉开架式准备下象棋,老师不但没有没收,而是说:"你们也会走呀!好,咱们以后比试比试怎么样?不过,要么不下,要下就要下好,就要有充裕的时间考虑。下课十分钟太短了,到外面去走走,对学习和身心都有益!"这一番言行,像老师,更像伙伴。既与学生玩在一起,又积极引导学生,是"老师大伙伴"的具体表现。三是引导、鼓励学生作文。为了让学生作文有东西可写、有话可说,老师在班上组织兴趣小组,让学生走向社会,了解社会,带领学生游风景名胜,激发热爱祖国山河的豪情。而每次发现学生佳作时,"他又是要'作者'朗诵,又是向外投寄",与学生一起分享成功的喜悦。如果在前面的叙述中,我们见到的还是一个敬业的老师的话,下面的描写则让你大开眼界。作者详细回忆了一次一个同学的作文发表后,老师请客吃瓜子的情景:"分瓜子了,我们每人一把,老师却要两把。"理由是:"我是大人!"几位调皮的男生却不管那么多,等老师正吃得津津有味,突然从后面抓了一把,撒腿就跑。老师欲追而不得,因为身前身后已伸出无数双手,他只得死死捂住剩下的连声叫唤:"哎,哎,你们怎么可以……"这是老师吗?哪还有一点"老师相"嘛!这是一群师生吗?分明是一个大孩子带着一群年纪略小的孩子嘛!四是讲公开课。"我"们紧张得不得了,老师几句话就消除了"我"们的紧张情绪,"我们又像平时一样嘻嘻哈哈起来",公开课也"OK"了。通过这一番叙述,一位热情、随和、平易近人、风趣幽默且知识渊博的"大伙伴"被活画了出来。

全文语言流畅、生动活泼,细节描写传神,人物形象鲜活,结尾意味深长,余味无穷。

花儿为什么这样红

我是你人生途中的一朵花，为你开过了，然后就凋谢了；我是你绿茵场上的一根草，为你绿过了，然后就黄了；我是你苦读时的一盏灯，为你亮过了，然后就灭了。

> 我要在明天告诉他，我才应该谢谢
> 他，他改变了我的一生，他是我一生中对
> 我影响最大的人。

考　　试

◆ 文 / 李家同

明天，我就要退休了。

做了整整三十五年的中学老师，我可以说自己这一辈子过得非常充实，非常有意义。

我到现在还记得我开始做中学老师的那一年。我一毕业，就进入了一所明星中学去教数学，学生全是经过精挑细选的，很少有功课不好的，我教起来当然得心应手，轻松得很。随便我怎么出题目，都考不倒他们。

可是，我忽然注意到班上有一位同学上课常心不在焉，老是对着天花板发呆，期中考试，他的数学只得了十五分。太奇怪了。全班就只有他不及格；而且分数如此之差。

有一天放学以后，我请他和我谈天，这小子一问三不知，对他的成绩大幅滑落，他讲不出任何理由。他一再说他上课听不懂我讲什么，我却觉得他不用功，因此就威胁他，说要找他的家长谈谈。这位学生一听，立刻紧张了起来，他说他的父亲早去世了，当时他只有五岁，母亲改嫁后去了美国，他一个人和他祖母一起住，经济情形很好，可是祖母年纪大了，连国语都不太会讲，也不认识字，如果她知道他功课不好，一定会非常伤心的。他被我逼急了，忽然问我："老师，难道你以为我骗你？难道我会做题目而假装不会做？"

我被他问得哑口无言，除了鼓励他以后上课要用功一点以外，还愿意帮他补习数学，而且当天晚上就开始。

这位同学一开始还老大不愿意接受我做他的义务家教老师,可是由于我的坚持,他只好晚上乖乖地在我的督导之下做习题。我发现他其实不笨,只是对数学反应慢了一点,可是由于我每周帮他补习两次,他终于赶上了进度,考得越来越好。两个月以后,我就不管他了。

这位学生以后就和我很亲密了。当时我们夫妻没有小孩,我太太知道这孩子没有父母以后,就找他来吃饭;他有什么事情,一定会来找我商量。

他考大学也算顺利,走前还来向我们辞行。可是第三天,我收到了一封他的信,信的内容令我吃了一惊。

老师:

请原谅我骗了你一次。当年我功课忽然一落千丈,是我故意的。我一直没有爸爸,也想有个爸爸,这样,如果有什么问题,我好问问他。因此我心生一计,我发现我的英文老师、国文老师和数学老师都是男老师,我决定假装功课不好,看看他们反应如何。

我的英文老师对我的成绩完全无动于衷,他将考卷给我的时候,一点表情也没有;我的国文老师将我臭骂一通,他说他最痛恨不用功的学生,他罚我站了一小时。我虽然才上高一,可个子已经很高,高个子最怕罚站。这么大的人了,还要被羞辱,我当然心情不好,第二天背《赤壁赋》一个字也背不出来。国文老师发现我交了白卷以后,立刻又罚我站,然后,在下课的时候,他向全班宣布,他已放弃了我。

125

惟一关心我的就是你,你不但一再地问我怎么一回事,还帮我补习。其实你只要关心就够了。我完全没有想到你免费当我的家教老师,我必须假装不懂,如此装了整整两个月之后,才脱离苦海,但我从此发现我很会演戏。

最使我感动的人,其实是师母,她对我的关心,令我永远也忘不了。师母第一次请我去吃晚饭,正好寒流过境,我故意没有穿夹克。师母一看到我衣服单薄,立刻押着我去附近的冬衣地摊,替我选了一件厚夹克。我知道你们老师薪水不高,还对我这么好,我知道我找到爸爸妈妈了。

我从此以后将你当作我的爸爸,有什么事,我都会问你,你也都会给我建议。我也偷偷地学你的为人处事,你对人诚恳,我也因此尽量对人诚恳。这些都是你所不知道的事。

我要在此请你原谅我,我当年骗你,实在是迫不得已,我的确需要一个好爸爸,也亏得你对我关怀,使我从此凡事都有人可以商量。

由于你在我功课不好的时候没有放弃我,你是我一生中对我影响最大的人。

祝

教安!

骗你的学生

张某某上

这封信让我出了一身冷汗。我们做老师的一天到晚考学生,我们很少想到学生也在考我们。我的那位学生出了一道考题,显然只有我通过了这场考试。

我从此以后就特别注意后段班的同学,无论他们的资质如何,我都不轻言放弃,我总会尽量地帮助他们,使他们能学多少,就学多少。这么多年来,我教了不知道多少功课不好的同学,有几位大器晚成,还得到了博士学位,不论他们的学业成就如何,他们都在社会上有工作可做,没有一位出问题的。

我发现后段班同学虽然成就不见得好,却非常感激我,他们的任何成就,不论大小,都令我感到骄傲。

明天,有很多我过去教过的学生来参加我的退休茶会,大多数恐怕都是当年的后段班同学,那位骗我的同学当然一定会来,他的事业很成功,一直和我保持密切的联络。我要在明天告诉他,我才应该谢谢他,他改变了我的一生,他是我一生中对我影响最大的人。

爱的考验

◇赏析/卢丽丽

只有老师考学生,很少有学生考老师的。《考试》就采用倒叙的手法讲述了一个学生考老师的故事。一个失去父亲、母亲改嫁、只和祖母生活在一起的孩子,成绩优秀。为了想有个爸爸,享受一下父爱,就在一次期中考试的时候假装成绩一落千丈,分别对英文老师、国文老师和数学老师三位男老师进行了测试,看看他们反应如何。结果,英文老师对这位学生的成绩完全无动于衷;国文老师将这位学生臭骂一通,罚站一小时,并向全班宣布已经放弃了他。惟一通过这场考试的就只有数学老师。数学老师不仅关心他,免费当他的家教老师,而且在生活上也给予了无微

126

不至的关怀，并与之建立了亲密的关系。

一份考验老师爱心的试卷，一封解开谜底的信，不仅影响了学生的一生，也影响了老师的一生。通过考验的这位老师为人处事光明磊落，对人诚恳，关心、体贴学生，成为学生学习的榜样，是对学生的一生影响最大的人。而这位数学老师也因为学生的考验更加注意自己的一言一行。对待学生不偏心，不管学生的资质如何，都不轻言放弃，尽力帮助他们，成为了学生们的良师益友。是一个好爸爸，也是一位称职的老师。

老师，多么神圣的字眼。一个教师所做的，不仅仅是播种，将知识的种子撒在学生的脑里，更多的是开垦，用爱心、责任、微笑去开垦那一片片希望的天空。然而，老师也不是一份轻松的职业。老师的一言一行都在学生的一耳一目中，对学生的人生都会产生深远的影响。因此，老师不仅要有渊博的知识，还要具备一颗爱学生的心，并随时准备接受学生的考验。

127

目送山冈上远去的背影，

我知道回眸一定是忧伤。

已经是布满荆棘的旅途，

除了道一声珍重，还因为我们曾经

拥有！

一位女教授的告别

◆文/蜀 蛇

二十年来，我是第五次参加这样的毕业晚会，也就是说，我已经送走了五届学生。每一次我都那么难过，你们就像一只只小鸟，长大了，就必须飞走……明天你们就要走了，我有太多的不放心。因为你们会比在大学的时候更需要爱护。

何溟溟现在光彩照人，像个骄傲的公主。那时你叫我"妈妈老师"，稍微受点委屈就犯娇小姐脾气哭哭啼啼；金光辉现在是"半丝半缕恒念物力维艰"，那时候花钱就像在使用公款；刘德夫你这小东西还去摆过地摊，给人家相面算八字……

我希望你们做孤傲耿介之士，即使为了自己也不会低声下气去乞求他人。被人羞窘只会让你更无地自容。

我不希望你们自我感觉是"入门三年小乾坤，傲视万古乏才德"的样子。学习从来没有止境，而你们才刚刚开始。

我希望你们每周少看一些电视，多读一本书。书会告诉你做人的道理。

我不希望你们抱怨社会，一个只会抱怨的人只是在告诉别人你的无能。

我希望你们不要太看重金钱，金钱会左右你的思维和品格。

我不希望你们埋怨别人，先把自己的事情做好。

我希望你们做一个正直的人，但是不要伤害自己。

我希望你们看重感情，但是不要在感情的世界里做一个平庸的人。

我不希望你们给自己设立太大的目标，该哭泣的时候不要装作坚强。

我希望你们能回来看看你们的母校，但不希望是因为失败而来逃避。

我还希望你们把每一个需要帮助的人当自己的兄弟和姐妹。每一次热情都转化为行动，把每一件重复的琐事当作大事。

我还要告诉你们，你们身体要健康，心灵要纯净——它们都是不可以重新再来一次的。

孩子们，四年大学生活可能影响人的一生。从明天起你们就要小鸟离巢了。我希望你们不要总是回头张望。只管朝前走吧，美丽的校园给你们留下了刻骨铭心的记忆，这样的深情将化作绵绵相思。要哭就在今宵哭个够吧，然后多一点祝福！

在这里我送给你们几句诗歌：

> 目送山冈上远去的背影，
> 我知道回眸一定是忧伤。
> 已经是布满荆棘的旅途，
> 除了道一声珍重，还因为我们曾经拥有！

谆谆教诲，慈母情怀

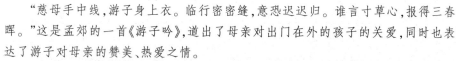

◇赏析／李明高

129

"慈母手中线，游子身上衣。临行密密缝，意恐迟迟归。谁言寸草心，报得三春晖。"这是孟郊的一首《游子吟》，道出了母亲对出门在外的孩子的关爱，同时也表达了游子对母亲的赞美、热爱之情。

面对如此温柔的女教授，难道你不会想起孟郊的这首《游子吟》吗？你不觉得这位女教授就具备了母亲的那种对学生犹如对自己的儿女的深深情怀吗？你看那一声声问候、一句句叮嘱，不是比母亲更慈爱吗？还有那一阵阵的呼唤、一遍遍的告诫，不是比母亲更细心吗？更有那一丝丝的难舍、一次次的祝愿……不是比母亲更牵肠挂肚吗……这一切都在作者的笔下得以真切的体现。

文章采用第一人称的手法，全部以主人公女教授的心声或者说"叮嘱"式的语言，贯串起来，给人一种亲切、和蔼、慈祥的感觉，这一句句话语真如春风拂过，如清泉流淌，如煦日沐浴，那种幸福的快感真是无法言喻。使"儿女们"有一种"临行密密缝，意恐迟迟归。"的难舍与依恋，更激起了"儿女们"的"刻骨铭心的记忆"，他们谁不在心里说"谁言寸草心，报得三春晖"呢？

因为，我深深地认识到，正是他，我才懂得了什么叫坚定不移，什么叫爱，什么叫自信，也才懂得了给别人一个机会的意义所在，尽管你可能并不知道为什么要那么做。

给他一次机会

◆ 文/［美］米尔德里德·霍恩朵夫

130

　　我的名字叫米尔德里德·霍恩朵夫。曾经在爱荷华州的首府得梅因市担任小学音乐教师。在教课之余，我还一直以开办钢琴培训班教授钢琴课来增加收入——我这样做已经有三十多年了。

　　在这些年的教学生涯中，我发现孩子们在音乐方面的能力有些参差不齐。虽然我也教过一些在音乐方面很有天分的学生，但是却从来不曾有一个令自己满意的"得意门生"。然而我却教过一些被我称作"音乐天分不足"的学生。罗比就是其中之一。

　　当罗比的妈妈（一位单身母亲）把他送到我这儿来上他的第一堂钢琴课的时候，他已经十一岁了。我一向都认为，学生学习音乐应该从年龄更小的时候开始，对男孩子来说，尤其如此。但是，当我把我的观念说给罗比听的时候，他却告诉我说，他妈妈最大的梦想就是能够听他演奏钢琴。于是，我收下了罗比。

　　就这样，罗比开始了他的钢琴课程。说实在的，从一开始，我就觉得罗比的一切努力都将会是徒劳，在接下来的学习过程中，罗比非常努力，非常刻苦，但是，无论他怎么努力怎么刻苦，他仍旧是缺乏对音调和基本节奏的敏感，而这是想在音乐方面出类拔萃所必需具备的。尽管如此，他仍旧一如既往地认真学习音阶知识，并且按照我的要求，弹奏一些学钢琴的学生必须要学习的基本曲目。几个月来，每当他一遍又一遍地练琴的时候，我都会在一旁倾听，尽管他的演奏令我不忍卒听，但是我仍旧试着找些话来鼓励他。在每周的课程结束的时候，他都会对我说："总

有一天，我会让妈妈听到我的演奏。"但是，那看起来希望不大，因为他实在是没有什么音乐上的天分。

对于罗比的妈妈，我只是在她送罗比来上课或者坐在她那辆旧得不能再旧的车里等着接罗比下课的时候，从远处看见过她。她总是面带微笑地冲我挥手，但是却从来没有进过教室。

后来，突然有一天，不知为什么，罗比再也没有来上过课。我本想打电话向他问个究竟，但我却想当然认为，他可能因为觉得自己确实没有学习音乐的天分而决定去学习别的东西了。实际上，对于我来说，他不到这儿来上课我反倒觉得很高兴。毕竟，他对我的教学来说实在不是什么好广告。

几个星期后，我给每位学生的家里都寄了一张宣传广告，询问他们是否愿意参加即将举行的钢琴独奏音乐会。令我感到吃惊的是，罗比收到宣传广告后，问我是否他也可以参加钢琴独奏音乐会。我告诉他说，这次钢琴独奏音乐会是为现在继续在学的学生而举办的，而他因为已经中途退学了，所以不具备参加演出的资格。他说因为他妈妈病了，所以无法带他来上课，但是他一直都在坚持练琴，从未间断。"霍恩朵夫小姐……我一定要上台去演奏！求求您答应我吧！"他坚定地说。说来奇怪，不知为什么，我竟然没有拒绝他的请求，同意他在钢琴独奏音乐会上上台演奏。我想也许是因为他的坚决感动了我，抑或是因为在我的心灵深处有个声音一直在对我说"不会有问题的"缘故吧。

131

终于，钢琴独奏音乐会举行的日子来到了。那天晚上，中学体育馆里挤满了学生们的父母和他们的亲朋好友。我把罗比的节目安排在音乐会的最后，也就是在我向所有的学生表示感谢并弹奏结束曲之前。我想，这样的安排，将会把由于罗比的演奏可能造成的任何不良影响控制在节目的最后，而且到时候我还可以通过我的"压轴戏"来挽救因为他差劲的表演可能会给我带来的损失。

由于学生们一直都在勤奋地练习，所以音乐会进行得非常顺利。终于，轮得罗比出场了。当他走上舞台的时候，我不禁有些后悔先前的决定。你瞧瞧他，衣服皱皱巴巴的，头发看上去像是被鸡蛋搅拌器搅拌过似的乱作一团。"为什么他妈妈就不能为了这个特殊的晚上给他梳梳头呢？"

我正兀自想着的时候，罗比拉出琴凳，准备开始演奏。当他宣布他将为大家弹奏一曲莫扎特的 C 大调二十一号协奏曲时，我不禁大吃一惊。而在我还没有为我接下来将要听到的做好心理准备的时候，他的手指已经在琴键上轻盈地弹奏起来，确切地说，它们几乎就是在琴键上敏捷地跳着舞。顿时，整个馆里安静极了，只有罗比的琴声在回荡着。那琴声时而轻柔，时而响亮，时而急速，时而舒缓……不仅如此,他还把莫扎特在总谱上标明的延留和弦弹奏得那么完美!哦,上帝啊,这简直让人难以置信!要知道,在这之前,我还从来没有听到过像他这个年龄的孩子能把莫扎特的曲子弹得这么好的!

六分半钟之后,他以一段恢弘的渐强音节结束了演奏。顿时,场上的每个人都情不自禁地站了起来,并且热烈地鼓掌、欢呼……

此刻,我早已激动得热泪盈眶,声音哽咽了。我快步如飞,跑上舞台,高兴地将小罗比紧紧地拥在怀里,轻声问道:"哦,罗比,我从来没有听你弹得这么好!能告诉我你是怎么做到的吗?"

对着麦克风,罗比向我解释道:"呃……是这样的,霍恩朵夫小姐,您还记得我曾经对您说过我母亲生病了这件事吗?事实上,她得的是癌症。并且,就在今天早上,她去世了。还有……因为她一生下来耳朵就是聋的,听不见任何声音,所以,今天晚上是她第一次能够听到我演奏。我要让这场演出变得特别。"

那天晚上,在场的每一个人都激动得热泪盈眶。当从事社会公益服务工作的人员走上台来准备把罗比送到收养机构去的时候,我注意到他们的眼睛也哭得又红又肿。那一刻,我不禁想到:"正是因为收了罗比这个学生,我的人生才变得更加富有,我的生命才变得更加充实。"

的确,在这之前,我从来没有收过任何一个令我满意的学生,但是,那天晚上,我自己却成了一个学生——罗比的学生。他成了老师,而我却成了学生。因为,我深深地认识到,正是他,我才懂得了什么叫坚定不移,什么叫爱,什么叫自信,也才懂得了给别人一个机会的意义所在,尽管你可能并不知道为什么要那么做。

主题深刻,悬念迭起

◇赏析/冉彩虹

作者从自己的教学生涯中截取了一个画面,选材贴近生活,主题十分深刻,让人在欣赏美文的同时,感情得到升华。

文章中,"我"是一个音乐教师,另外还开办钢琴培训班教授钢琴课,在"我"所教的学生中有些在音乐方面很有天分,可是也有一些音乐天分不足的孩子,就如罗比一样。但是正是罗比,靠自己的努力在最后却成为老师的骄傲,在钢琴演奏会上成功地弹奏了一曲莫扎特的C大调二十一号协奏曲,赢得满场的鼓掌、欢呼

声……从文章中可以看出,一个人的潜力是可以挖掘的,只要你"给他一次机会",他就会发出光芒。

这篇文章的情节框架,属于悬念迭起型,让读者在解开悬念的过程中品读文章。

首先作者就提出罗比只是自己学生中音乐天分不足的一个孩子,可是这样一个孩子为什么给老师留下了如此深刻的印象呢?这就构成了文章的第一个悬念。当罗比来学钢琴时,"罗比非常努力,非常刻苦,但是,无论他怎么努力怎么刻苦,他仍旧是缺乏对音调和基本节奏的敏感",可见,效果并不明显。可是,罗比有一天突然没来上课了,"我"也不知道原因,这又构成了第二个悬念。可突然有一天在"我"要举办钢琴独奏音乐会时,罗比希望能上台演出。"我"被他的诚心打动,答应了他的请求,给了罗比一个机会,可又担心他会弹不好。罗比究竟到时表现会怎么样呢?这构成了第三个悬念。

这些悬念一个比一个悬,文章在罗比的独奏时刻达到了高潮。悬念在他的表现及语言中揭晓:癌症夺去了他母亲的生命,而且是在演奏会举行的当天早晨,为了让天生耳聋的母亲在天堂听到儿子的演奏,罗比用勤奋、真诚、孝心弹奏了最完美的音乐。

透过文章我们懂得了有时候真的应该给别人一个机会,这样你可能会有意想不到的收获,就如音乐教师米尔德里德·霍恩朵夫一样,因为给了罗比一个机会,而"懂得了什么叫坚定不移,什么叫爱,什么叫自信,也才懂得了给别人一个机会的意义所在"。

133

> 我欣赏一片紫云英,一片油菜花,一山映山红,一山垒的野菊花,一山的白茶花,天上的一轮皎月。

乡村教师生活

◆文/浇 洁

那些花儿/她们都老了吧/她们在哪里呀/幸运的是我曾陪她们开放……

—— 朴树

一

我至今忘不了在乡村生活的日子,至今忘不了老师的称呼。已经过去七八年了,一不小心,我还会把"上班"说成"上课",把"下班"说成"下课",只要稍一激动,满口的方言普通话就脱口而出。就在前不久,我还在清晨朦朦胧胧地看到了我生命中的春天:我静静地坐在屋后那扇面对山丘的木窗前,聚精会神地看着一棵绿绿的小树,小树蝴蝶状飞翔的叶片中央在我看的当儿,结了一个青青的圆果,眨眼之间,青果盛开,开出一匹褐红色的小马,小马随风而动,发出悦耳的风铃声……

这个美丽的梦是我乡村生活的剪影。

我所处的乡村中学是一个极其普通的中学,"拖斗形"建筑结构,占地十五亩,拖斗把上栽了四棵泡桐树,三面是教师宿舍,学生寝室,前方是一幢"凹"状教学楼,教学楼前是一口塘。学校后面是小山。建校历史也非常平凡,只要把校名一改,就可变成大部分乡村中学的发展历史:起建于一九五九年,校名为"红专学校",无校舍,职责是培训大队干部;一九六二年,改名为"礼陂农业中学",校舍为猪栏,校

长是大队党员；一九六六年改名为"五七中学"，校长是老贫农，成立了"贫下中农管理委员会"；一九七七年改名为"礼陂中学"，校长是文化人，师生勤工俭学，自己动手烧砖制瓦，挑沙运石，做教学楼……教学质量好时曾名列全县第二，偶尔教出个别学生取得全县第一的好成绩，出的能人也不过是大学毕业后任县长。生活风平浪静，老师平平凡凡，学生最大的志向是扔去锄头把，老师最大的志向是能调到县城当老师。老师一生交往的是同事、学生，抑或兄弟学校的同行，几年里最大的愿望是能到省城的一个风景区旅游一次，最大的烦恼是用心教的学生不听话，对象大都是小学老师或自教的学生，最多的消遣是课后打打扑克、麻将，难得的消遣是偶尔上一回县城的舞厅、泡一回脚，最多的闲言碎语是某男与某女的婚外恋，常有的聊天是学生和家人的喜怒哀乐、电视剧里的爱情和最关注的国家大事。日子一天天地滑过去，只是嗓子一天天地沙哑，眼睛一天天地近视，学生变了一茬又一茬，渐衰渐老，学生写作文开始用"和蔼可亲"、"平易近人"，像自己的老爷爷、老奶奶来形容自己了，于是退休。退休后还住在学校里，夫妻关系好的两人一起种种菜，夫妻关系不好的斗斗嘴，你找你的乐子，我找我的乐子，但老师的境界高，即使二老分吃分睡，也会想：国家那么大都想到我，给我退休金，我养一个老伴还不应该？

二

礼陂中学驻扎了我一生最美好的年华。我始终忘不了第一次以教师的身份去学校的情形：那是八月底的一天，天很热，火辣辣的，我穿一身白连衣裙，撑一把绿底白花伞，我一走到校门口，居然有四五个男同事等在那，他们一直蹲着，见我来了，齐刷刷站起，我向其中一位老师打招呼，我走了，他们的眼光还扎在我背脊上，我似乎听到我熟悉的那位老师向其他几位说：对吧，我没说假吧？ 她……

乡村生活太孤寂了，这是我们每天要面对的课题。我青春里最大的感受便是孤寂。我记得自己当时最盼望的便是信差了，只要绿色的自行车铃一响，我便飞奔了去，看看有没有自己的信，邮差在我心中当时无异于天使。因为邮差差不多每天下午五点钟来，我偷偷地写下了平生第一首诗《五点钟的二胡独奏》，至于为什么独独选中二胡这个意象来写，大概是觉得二胡是比较孤寂的乐器。

因为孤寂，便会产生许多想法，便学会把好日子一天当成十天过，把所有见到的人都当成好人，在孤寂面前，我们什么也不需要，只需要伴儿。我一个同学，分在一个边远的小学，心高气傲的她不到一年就嫁了人，对象是一个常会来看看她的没有什么文化的农民，这是我们始料不及的。她婚后生活一直不好，当时她之所以选择他,是因为孤寂快令她窒息了,学校极其偏僻,只有三四个老师,他们都在村里成了家,只有她一人住校,村里十多户人家,没有店铺,没有娱乐。我所在的礼陵中学当时也只有不到二十个老师,就我一个姑娘家,后来才慢慢地陆续又来了几个。只要一分来个女的,单身男同事们就合谋打轮环战:一个接一个地进攻,直到你厌烦或有对象为止。按他们的说法是肥水不流外人田。因为没辙,当时我不得不在门口贴"闲谈不过五分钟"。

我一直不能忘记在中学的日子里的一件事:一次有个学生请谢师宴,一位男教师同事用自行车带我去喝酒,由于山路凹凸不平,天又黑,前方又刚好来了一辆货车,车灯一闪,同事带我连人带车跌到几米深的垄下,住了半个多月的院,缝了十多针,而我只破了一点皮。后来,我辗转听别的同事们说起这事,认为以那个男同事的自行车"驾驶"技术,本不可能会跌这一跤,他是怕摔到我。唉,可敬的同事啊……

在这样的乡村中学里,每个女性教职员都是女皇。

三

乡村生活最美的正是乡村,生活在其间的人渐渐变得像树一样舒枝长叶、无忧无虑,渐渐变得像土地一样富足、单纯。

凡是在乡村生活过的人都忘不了在田埂小路散步的情景:我们真正欣赏着"暖暖远人村,依依墟里烟"的诗境和校园歌曲"走在乡间小路上,暮归的老牛是我同伴,喔呜喔呜它们唱,还有一只短笛正在吹响……"的意境。邀上一个玩伴,没有任何目的地走,空气是清新的,近旁的庄稼,野草野花是美的,远处的村庄、炊烟是活的,鸡鸣犬吠是生动的,树是千姿百态的,一行白鹭上青天的情景是真实的,还有四周的鸟唧唧喳喳地叫着,堪称最美的乐曲。走累了,我们坐在小溪边的石头上,看水里招摇的丝草,看水里的蓝天,看水里的小鱼,我们口渴了,用溪水洗了,吃田里的萝卜吃完萝卜我们聊大天:聊青春的梦想,聊爷爷姥姥的爱情,我们把他们的故事说了一遍又一遍,直到把他们的爱情烂记于心,无非是爷爷临死前还叫着奶奶的小名,姥姥脾气躁,常骂姥爷,姥爷却笑,他背地里对人说:一只牛不说话都要让它吃饱来,何况人呢?她心底里对我好着哩。当然我们聊的最多的是自己的爱情,我们欣赏男人们写来的情书,一个才子把这样的话写给我:"人生是花,而爱便是花的蜜,我的世界里有一方属于你的领地……很久没见你的时候,一颗乱哄哄的心吊在我的脖子上,等到见了你的时候,我却又低下了我相思的头,怪就怪内

心那根情感线把心牵着走……"

那时,我常常清晨起来去校后小山上边跑步边看日出,吃完晚饭后边去小山上散步边看夕阳,我专心致志地欣赏一棵树,一片新叶,一爿小屋,一棵小草,一只蚂蚁,一只蝴蝶,一块石头,天边的一缕云,一丝风,我有时就一个人坐在山地的草坪上看书,看累了书就唱歌。我曾认认真真地欣赏过一块草坪:那是由无名野草、犁头尖小紫花,紫云英、车前草、小白花等组成的艺术图案;我曾仔仔细细地欣赏过山崖下的水滴,水滴滋润下的薜荔果;我曾万分感慨地欣赏过小河里的水:青、绿、黄、淡紫、淡绿交汇五彩缤纷的场面;我曾惊喜万千地欣赏过春雷阵阵的天空:纯灰的天隐隐地有了雷声,然后是黑白相间的交错着,再后是乌云密布的游动,惊雷过后,天变得一片红紫,天的颜色变幻很像河流交汇的水,然后是雨点欢欣地打在树叶上,沙沙地响,树叶吸着雨水在风中舞着;我欣赏一片紫云英,一片油菜花,一山映山红,一山垄的野菊花,一山的白茶花,天上的一轮皎月。

我像一棵享受阳光雨露的树,在风中迢迢地飞舞,什么也不想,只呆呆地、进入虚幻境界地欣赏着身外的美……

有情有趣　无怨无悔

◇赏析／王书文

有些人在年青时不经意间教过乡村中小学,后来"跳槽"了,常在口头上或文章中搞"忆苦思甜",总之,不堪回首,而晓洁的文章里完全是另一种情怀。

欣赏的口吻。作者对当过乡村教师始终充满自豪感,用一种欣赏的口吻提起,并称之为一个"美丽的梦"。写学校的历史,包括几改校名,如数家珍。写男老师追女老师,没有鄙弃的倾向,写他们的"富足、单纯"感。特别在第三部分里,描写清新的田园风光,如"我专心致志地欣赏一棵树,一片新叶,一爿小屋,一棵小草,一只蚂蚁,一只蝴蝶,一块石头,天边的一缕云,一丝风","我有时就一个人坐在山地的草坪上看书,看累了书就唱歌"。作者爱用"欣赏"、"惊喜"、"享受"之类的词去写它们,这是难能可贵的。

平静含蓄的陈述句。本文没有很多故作新潮的句式,几乎清一色的陈述句,一句一句娓娓道来,像一个单纯、天真而不乏激情的女孩在向人们讲一个童话。其实这些句子背后是:有情有趣,无怨无悔。

> 随着感觉望去，却看到墙上映着我的像：我的头上，竟和神一样，一个银白色的光环，闪着耀眼的光……

一个老师的话

◆ 文/杨 昶

假如校园也可创造出文化，那么创造者除了学生还有老师。不要因我们是学生，只把目光局限于自身，还应想到同样在校园里生活的老师。我不想褒贬于谁，我还没那资格。这篇文章可用崔永元的节目来概括——实话实说。

——题记

我是尚老师。

也许你觉得熟悉，便在记忆的深处搜寻，最后恍然大悟，终于记起我是你的小学老师，心想：原来是这个老头。如果是这样，我要感激你。在我几千个学生中，能记住我的还有几个？

几千，真有这么多？是的，但注意不要总把桃李满天下当作幸福。对一个重感情的人——比如像我而言，这是痛苦：所有的学生毕业后，没有一个再来看过我——几千人，竟一个巧合也没有。

以前的教师节，常常收到许多礼物，当时的学生送的。以前的学生这时却不见踪影。我又惦记起他们来了，他们为什么没来看我？工作太忙，没时间？或者有事耽搁了……许多不合理的猜想在我脑中闪过，却不敢想最有可能的事实：他们忘了我；忘了我曾是他们的老师，忘了他们曾经许下的诺言："老师，等我长大，一定回来看你，还要陪你游清华园，赏未名湖……"清华园？未名湖？他们当中一定有人去过，不过只是独自而非陪我了。我不想沾他们的光，免费去旅游。只要他们看看我，

谈谈他们的生活,让我分享他们的欢笑,拭去他们的泪水,别让我一个人孤坐在那里就行了。但这个老头子最后的近乎于恳求的渴望竟没有人理睬!噢!我说得过火了。我没有记恨他们,真的没有。当孩子们说了不该说的真话,总有人说些"童言无忌"之类来缓和尴尬。既然孩子有乱说话的权利,我自然也不能要求他们以语言来保证什么。

退休之后,教师节——我的节日竟成了我的受难日。我守着空洞的房子,看挂在墙上,堆在桌上的礼物——我说过,以前,学生给我送过许多礼物,我都好好藏着。不由得睹物思人,眼前浮现出熟悉的身影,又联想到未送礼物的学生,他们也挺可爱的。你肯定不相信:"这么多的学生,你全记住了?"反问一句:"你又不是我,如何会知道我记不住他们?"我认为衡量老师的标准是看他能否记住他的学生。只有心中有学生,才能升华到爱。我不是自诩如何如何好。说实话,我不算个好老师,我不能把爱平均分给每个学生,只能竭力压制自己不把这不平均表现出来。

沉醉于回忆的时候,最痛苦的莫过于一不留神被拽回残酷的现实里:依然没人来,我没有听见门被推开的"咯吱"声。心里有些慌,想知道是什么光景了。墙上挂着他们送的钟,但我却把百叶窗拨开一道缝儿,屋后两棵傍生的柳树拖下长长的影子,直挺挺地指向东方。在惊讶平时难熬的时间过得如此快之余,心也彻底绝望了。我的节日就要走了。我茫然坐着,不知道应该对它的逝去表示一些挽留,还是该在它屁股上端上一脚,让它滚得快些。就这样一直茫然地坐着。天渐显暮色,灯没有开,屋里的一切模糊起来,我从混混沌沌中醒了,慢慢站起,缓缓移到门口,把虚掩的门关上。饭也不想吃,径直走到床边,睡了。

老伴先去了,儿子一个月象征性地来两三次。他怕我两腿一伸,摆了十余天,像齐桓公那样臭了才埋。便在贫瘠的故乡找了个远房亲戚,叫他的儿子来城里读书,与我住在一起。于是,我认识了珩。我明白:他只是儿子的替身,但我没把对儿子的不满发泄在他身上。我对自己说:"他只是一个不相干的孩子。"

珩说话不多,也不爱笑,惟一感兴趣的是我收藏的那数百件礼物,常常和我一起欣赏,听我讲他们的故事。比如这只木雕鸽子,仅碗口大小,没有上色,刻得也有些粗糙。我告诉珩,这是送的,木雕雕得不错。那年教师节,为刻这鸽子给我,他的手磨出了血泡。珩小心听着,待我说完才问:"我可以拿起看看吗?"我点点头。他便伸出手,像宝贝似的捧在手里,"怎么样?""挺重——"珩一脸的严肃。我明白。这木料质地不好,它超不过三两。我没把另一件事告诉珩:后来在县政府做了个职员,为给他领导祝寿,用梨木雕了个寿星,并且上了彩。我觉得不把这事告诉珩对他有好处,有些东西不能由别人灌输,而且他很小,应该多给他一些阳光。至于,上次听人谈起时他已是主任了,这些天没了他的消息,肯定又升了。

我的生活并没有因为珩的到来而丰富起来。我仍旧孤独、无聊,简直无法在现实里活下去。回忆,只有那回忆让我心动,只有回忆能救我的命。

对于我的教学生涯,我很骄傲,因为我从未给学生推荐辅导资料。这不是完整的事,只有一些零散的片段。有很多人找过我,说某书特别好,叫我组织全班集体购买,但我从未答应。我清楚他们的如意算盘:这些盗版书,价贱得很,他们赚的何止几倍?当然,他们还没让狗吃掉他们最后的一点良心,不忘给参与的老师一些好处,既作酬劳,也为下次合作打下基础。惟一受苦的是学生,看了错误百出的书不知究竟写了什么,脑海一片空白,望着窗外的风景发呆。

另一件事就有些惭愧了。那届的学生快要毕业,照了毕业留影。考试之后,学生归家,我把买照片的钱交到会计室。会计是个新来的小伙子,很直爽的样子。他飞快地点完钱,从中抽出六十元给我。"这是……"我糊涂了。"本月的奖金。"小伙子把余下的钱放进抽屉里。"那学生的照片?""哦!这个明天开会时校长会说的,各个班主任在发录取通知书时拖延一下,过了那天就没事了。唉!没办法,财政紧张嘛。还有这事别到处说,万一……"他的话戛然而止,用疑惑的眼神望着我远去的背影。

140

发录取通知书那天,我把这钱放在上衣内侧的口袋里,恰好贴着我的心脏,像荆棘刺着我。我不敢动,怕动了会更疼,无助地站在讲台上。好久,一个念头在心底萌生:"把钱还给他们。"呆滞的双眼有了活气,动了起来,这时才发现空荡荡的教室里只我一个人了。讲台上的通知书已被他们拿走。通知书决定他们或喜或悲,高兴的欢喜"疯"了,悲伤的失落至极,也"疯"了,所以没有人向我要毕业的合影。

当天我的日记里这样写的:"我把这钱夹在《鲁迅全集》里,当时并不是刻意这样做。现在想想,大概是我的潜意识要看看鲁迅的臭骂能否让这钱变得干净。我把这些学生的名字默写出来,并贴在墙上,让它时时提醒我:我欠着这些孩子的钱,以后碰见他们,别忘把钱还给他们……"

日子在回忆中过去了。几天前病了一场,昨天,稍缓。晚上做了个梦(我已经许多年没做梦了):

我乘着云,来到天堂,神让我在天堂里当老师。天堂的教室和凡间是不同的:地板是一层云,天花板也是云,纯白的,如果那儿的云也是黑的,我宁愿下地狱。夹在云间的墙却不知是什么做的,水晶?或者白玉?反正透亮得很,清晰地映出人的面容。天堂没有灯,众神头上的光环可以照亮每个角落。我的学生是天使,他们并没有小翅膀,和常人无异,我觉得他们有些眼熟,看了好久,才觉得他们和珩有点

像,哦,不,应该是珩像他们。

在天堂上课很轻松,至少没有凡间那么累。大概过了好久,突然觉得有光在刺我的眼。随着感觉望去,却看到墙上映着我的像:我的头上,竟和神一样,一个银白色的光环,闪着耀眼的光……

选材新颖,感情充沛

◇赏析/刘 阳

本文是一篇学生作品。作者以朴实的语言、简单的生活小片段真实而又概括了一个普通老师的内心世界,文中的这个老师普通而又不平凡,但他或他们正生活在我们身边。

一篇文章要想获得成功,除了要有广博的知识和丰富的生活经验,更重要的是学会选材,学会独辟蹊径。选材新颖是本文的一大特色。作者以一位退休老教师的口吻叙写了他在教师节这一天的内心活动。在这个被称为"灾难""最痛苦"的日子里,老教师的愿望其实很小,他只不过是难以忍受那份孤独,希望能有人来看看他而已。然而,从教四十多年拥有四五千弟子的他却只能一个人"茫然地坐着",就连他的儿子也只是为他找了个替身,以免他"像齐桓公那样臭了才埋"。虽然现实很残酷,但老教师却能找到许多理由来谅解他的学生,尽管有的理由他自己觉得不合适。特别值得一提的是文章后半部分所回忆的几件事,看上去有些凌乱,但正是这几件事展现了这位老教师的精神,把前后文有机地联系起来,更加生动地写出了这位老教师内心深处的孤独和无奈。

文章字里行间都饱含着对老师的赞颂之情,却又没有一件事是过分拔高被赞颂的对象的,这些当然源自作者运用自己的判断力和思考力极有分寸地去表现生活。

当兴会淋漓时,焦瘦的我,有时不免膨胀自己的智商,还以为真有两把刷子哩。

教授的底牌

◆文/(台湾)郑明娳

不记得从何时开始,竟听到有人以"教授"之名呼我。刚开始时,非常不习惯,总是弄不清对方在叫谁。过一阵子,会愣一下,方悟了过来。而今日子久了,渐渐"耳熟能详",谁叫我又姓郑呢,越听越耳顺的"真焦瘦",越想越合我那又焦又瘦的形象。

在讲台上"盖"了十几年,已算是资深的误人子弟者,从来不敢自觉有资格对年轻人传道授业解惑。实在说,自己老感到营养不良,腹笥原极塞滞,阮囊又常羞涩,加上先天不良,后天失调的身材,哪能不算是真正正牌的"焦瘦"呢!

在纯做女儿的时代,父母承认我是只书蠹虫,也就纵容我对家事的不闻不问。有一天,当我成为自己小家庭的一家之主时,衣食住行,向来不讲究的人,自然也是因陋就简,有个窝蹲,已常感福分不浅,没想到招待过三次客人——当然只招待得起滚水泡茶——之后,居然连惹三次严重警告:如今不比孔子时代,居陋巷的颜回虽然博得夫子赞美,却因营养不良、居住环境污染而短命!

训话的人是那么振振有辞,使我立刻反省一下自己的陋室:房子是陈旧了点、空间是逼仄了点、光线是阴暗了点、家具也老爷了点……殊不知这正合我这么"焦瘦"的人居住。在一切从简的原则上,我的客厅充当了书库,只见书架,不见沙发——这大约是最令朋友不满的一点。不过,访客坐在硬餐凳上总是坐不久,岂不也很省事?与儿子共用的卧房兼书房又兼儿童娱乐室,地板上几乎每天都堆满了我的书及他的玩具,那自然是访客止步的禁地。

由于我馈人无能，在厨房里永远变不出什么好汤好水，加上人丁单薄，便没有下厨房学展身手的念头。好在廿世纪物质文明早已提供我便宜又实用的冰箱，冰库里经常可以储藏冷冻水饺、汉堡、肉粽，一趟车便可载回半个月的熟食。既省时省事又可保持身材"长瘦"。虽然很少想到白居易，可是却乐天安命，从来不曾感到大台北，居不易。

不幸的事总是会偶发的。有一天，司马中原先生光降寒舍。我当然只端得出一杯立刻烧水冲泡的即兴清茶，绝不合乎周岂明所提倡的"自然主义的茶"，因为从客人喝茶时屡皱眉头便可以推知一二。粗茶硬板凳地聊了半小时，已到晚餐时间，我知道冰库里的那些玩意儿绝不能拿出来"怠"客，便提议请他老人家到外边上馆子，他居然说还得赶回家替太座烧饭。但是又聊了半小时，他并没有走的意思，儿子看完了卡通，跑过来很诧异地问："今天怎么没有准时吃饭了？"我只好再提外吃之议，司马表示已跟太座说好了，不能在外久留，但他仍无离绪。我只好打开冰箱，用最快的速度把残菜剩饭齐倒在一个钵子里，再飞快地把它丢进电锅中，盖上盖子，按下开关。但不幸的是，电锅摆在客厅兼餐厅的鞋柜上，我虽然用纪政般飞跃羚羊的速度从冰箱冲到电锅边，且企图用身体遮住钵子的内容，可是司马是个积卅年透视人生经验的小说家，我的围堵政策怎躲得过他 X 光眼的扫描呢。

143

他开始拿出长辈的姿态了：你这样的晚餐还是给人吃的吗？……结论是：难怪你们母子都面有菜色！我的理由是目前在外边偶有应酬，总是大鱼大肉，撑得人胀胀的，平时家居正好简单些可顺便洗胃。谁知他老人家更不以为然：现代人人讲究营养均衡，美食主义，你这种三餐一大饱两餐一小饿的是哪一世纪的食法？

我私下的结论是，自己跟孔子比较没有"代沟"，他老人家说："饭疏食，饮水，曲肱而枕之，乐亦在其中矣！"说不定还嫌我冰牛奶加面包已过于奢侈呢。从此以后，我极害怕吃饭时间司马大人来临检。

我固执地相信一名"教授"的专任职务是读书，兼任职务才是教书。只有不停地吸收新养料，授课才能活水不断。至于演讲、评审、编书甚至交友等工作实只能放在"休闲时间"偶作一秀。尤其对一个天资驽钝的人，像我，读书更得人一己百、人百己千地多花些力气才行。再者，我读书偏有怪癖，总要为写点什么才读得最有效率。因此趴在桌上成为我最惯常的姿势，美容院的小姐替我修指甲，便猜到我的职业是抄写员。

由于正常工作时间不容剥削，因此其他工作只好经常合并解决。洗头的时候，可以把寄赠的杂志浏览一遍；搭车的时候，可以边构思上课的程序；下课十分钟，把当天报纸翻完。边烧饭、边洗衣；边替儿子洗澡、边替他复习功课；边吃饭边进行

"亲子活动时间"。我早已习惯边走边胡思乱想,因此迎面而来的熟人,也经常视若无睹,终于挨上目中无人之骂。有一次,从邮局信箱里拿出一叠信,边走边拆边阅,突然有个人冲着我说:喂!下次不要在马路上边走边看东西哦!原来我已走上大马路了。并非市虎特别礼让"教授",而是因为我焦瘦的体型,小得让他们撞不到。回到家,恰好把该处理的信件留下来,把该丢的资料放进垃圾桶。由于性子急,训练出相当的快动作,常想自己可能有资格参加马拉松赛,因为走在路上时我几乎都在练跑。

上课是教书匠最苦也最乐的时候。是甘是苦,要看上的是什么科目。例如学校派我上"四书",对于不谙义理的我,要在一学期内讲授《大学》——《大学》正文一共只有一千五百字,以我惯常快节奏的讲课速度,并用上高中国文的方式,两个钟头便可以把一学期的课程上完。不论如何提醒自己说话慢点,上课时迟到一点,下课时早退一点——一个学期还是遥遥乎其远哉!在讲台上真是如站针毡!

当然,对于擅长义理的人而言,讲"四书"乃是莫大的享受。就像我上现代文学或古典小说,总感到自己比较"物尽其用"些。偶然发现还能吸引听众的注意力时,灵感也会左右逢源,纷至沓来。尤其文学课程是一种再创作的工作,当兴会淋漓时,焦瘦的我,有时不免膨胀自己的智商,还以为真有两把刷子哩。也因为偶能意兴遄习,又时常能笑自己可笑之处,上课自然有莫大的快乐,也就忘了是否会误人子弟啦。

我的形式生活可能太呆板,物资生活可能太贫瘠,但是我都不曾因此而感到任何"委屈"。我的快乐建筑在一篇简陋的稿子赶完的那一刹那、一堂平凡的课却使我自得的时候。我焦瘦的底牌确然欠缺光华。但是,哪个人不珍爱他自己的敝帚呢!

固守自我 自得其乐

◇赏析／张 洁

　　《教授的底牌》说是"底牌"，却如一面明净的镜子，映照着一个知识分子真实的人生：不求收获，只知耕耘，固守自我，自得其乐！

　　教授在人们心中是知识的化身，是神圣而高高在上的人。但身为教授的郑明娴却没有端出教授的架子来吓唬人，而是敞开心扉，真诚、诙谐而不失幽默地闲聊教授的生活，亮出教授的一张张"底牌"，勾勒出一位兢兢业业的教书人的形象。

　　大多数的教师，总给人一种不尚修饰、生活简朴的印象。从文章来看，郑教授在这方面是有过之而无不及。住的方面，她是"因陋就简"；吃的方面，她"三餐一大饱两餐一小饿"。总之，一切从简，还自诩与孔子"比较没有'代沟'"。这种在物质享受上的迟钝与愚昧，也着实太可爱了！

145

　　物质上无所求，事业上却乐而敬之，疯狂得令人难以自信。"我固执地相信一名'教授'的专任职务是读书，兼任职务才是教书。只有不停地吸收新养料，授课才能活水不断。"学海无涯苦作舟，郑教授是深得其精髓的，她的行为就是最好的明证。

　　简单、简朴的生活，并没有使作者感到单调无聊，她自有自己的快乐："我的快乐建筑在一篇简陋的稿子赶完的那一刹那，一堂平凡的课却使我自得的时候。"这就是作者的追求。这种快乐，是一般人所难理解、也难拥有的。它充分展示了一个知识分子的情怀。

　　生活上甘于淡泊，事业上积极进取，道家的"无为"与儒家的"有为"在作者身上的完美结合，使作者身上产生了一种无法抗拒的人格魅力。

用温和取代严厉,用舒缓取代激烈,用奖励取代惩罚,这便是我们从小小的迟到所领略到的博大人生。

生命的航标

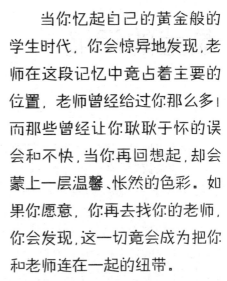

当你忆起自己的黄金般的学生时代，你会惊异地发现，老师在这段记忆中竟占着主要的位置，老师曾经给过你那么多！而那些曾经让你耿耿于怀的误会和不快，当你再回想起，却会蒙上一层温馨、怅然的色彩。如果你愿意，你再去找你的老师，你会发现，这一切竟会成为把你和老师连在一起的纽带。

教师的种子撒在教室里，而果子，却是在若干年后，结在社会上。

当各种欲望膨胀成一股强大的浊流冲击所有大门窗户和每一个心扉的当今，我便企望自己如女老师那种泪珠的泪泉不致堵塞更不敢枯竭，那是滋养生命灵魂的泉源，也是滋润民族精神的泉源哦……

晶莹的泪滴

◆文/陈忠实

我手里捏着一张休学申请书朝教务处走着。

我要求休学一年。我写了一张要求休学的申请书。我在把书面申请交给班主任的同时，又口头申述了休学的因由，发觉口头申述因为穷而休学的理由比书面申述更加难堪。好在班主任对我口头和书面申述的同一因由表示理解，没有经过太多的询问便在申请书下边空白的地方签写了"同意该生休学一年"的意见，自然也签上了他的名字和时间。他随之让我等一等，就拿着我写的申请书出门去了，回来时那申请书上就增加了校长的一行签字，比班主任的字签得少，自然也更简洁，只有"同意"二字，连姓名也简洁到只有一个姓，名字略去了。班主任对我说："你现在到教务处去办手续，开一张休学证书。"

我敲响了教务处的门板。获准以后便推开了门，一位年轻的女先生正伏在米黄色的办公桌上，手里捏着长杆蘸水笔在一厚本表册上填写着什么，并不抬头。我知道开学报名时教务处最忙。走到她的办公桌前我鞠了一躬："老师，给我开一张休学证书。"

她抬起头来，诧异地瞅了我一眼，拎起我的申请书来看着。长杆蘸水笔还夹在指缝之间。她很快看完了，又专注地把目光留滞在纸页下端班主任签写的一行意见和校长更为简洁的意见上面，似乎两个人连姓名在内的十来个字的意见批示，看去比我大半页的申请书还要费时更多。她终于抬起头来问：

"就是你写的这些理由吗？"

"就是的。"

"不休学不行吗？"

"不行。"

"亲戚全都帮不上忙吗？"

"亲戚……也都穷。"

"可是……你休学一年，家里的经济状况也不见得能改变，一年后你怎么能保证复学呢？"

于是我就信心十足地告诉她我父亲的精确安排计划：待到明年我哥哥初中毕业，父亲谋划着让他投考师范学校，师范生的学杂费和伙食费全由国家供给，据说还发三块钱零花钱。那时候我就可以复学接着念初中了。我拿父亲的话给她解释，企图消除她对我能否复学的疑虑：

"我伯伯说了，他只能供得起一个中学生；俺兄弟俩同时念中学，他供不起。"

我没有做更多的解释。我的爱面子的弱点早在此前已经形成。我不想再向任何人重复叙述我们家庭的困窘。父亲是个纯粹的农民，供着两个同时在中学念书的儿子。哥哥在距家四十多里远的县城中学，我在离家五十多里的西安一所新建的中学就读。在家里，我和哥哥可以合盖一条被子，破点旧点也关系不大。先是哥哥接着是我要离家到县城和省城的寄宿学校去念中学，每人就得有一套被褥行头，学费杂费伙食费和种种花销都空前增加了。实际上轮到我考上初中时已不再是考中秀才般的荣耀和喜庆，反而变成了一团浓厚的愁云忧雾笼罩在家室屋院的上空。父亲供给两个中学生的经济支柱，一是卖粮，一是卖树，而我印象最深的还是卖树。父亲自青年时就喜欢栽树，我们家四五块滩地地头的灌渠渠沿上，是纯一色的生长最快的小叶杨树，稠密到不足一步就是一棵，粗的可作檩条，细的能当椽子。父亲卖树早已打破了先大后小先粗后细的普通法则，一切都是随买家的需要而定，需要檩条就任其选择粗的，需要椽子就让他们砍伐细的。所得的票子全都经由哥哥和我的手交给了学校，或是换来书籍课本和作业本以及哥哥的菜票我的开水费。树卖掉后，父亲便迫不及待地刨挖树根，指头粗细的毛根也不轻易舍弃，把树根劈成小块晒干，然后装到两只大竹条笼里挑起来去赶集，卖给集镇上那些饭馆药铺或供销社单位。一百斤劈柴的最高时价为一元五角，得来的块把钱也都经由上述的相同渠道花掉了。直到滩地上的小叶杨树在短短的三四年间全部砍伐一空，地下的树根也掏挖干净，渠岸上留下一排新插的白杨枝条或手腕粗细的小树……

我上完初一第一学期，寒假回到家中便预感到要发生重要变故了。新年佳节弥漫在整个村巷里的喜庆气氛与我父亲眉宇间的那种根深蒂固的忧虑形成强烈的反差，直到大年初一刚刚过去的当天晚上，父亲便说出了谋划已久的决策："你得休一年学，一年。"他强调了一年这个时限。我没有感到太大的惊讶。……父亲接着就讲述了他的让哥哥一年后投考师范的谋略，然后可以供我复学念初中了。他怕影响一家人过年的兴头儿，所以压在心里直到过了初一才说出来。我说："休学？"父亲安慰我说："休学一年不要紧，你年龄小。"我也不以为休学一年有多么严重，因为同班的五十多名男女同学中有不少人都结过婚，既有孩子的爸爸，也有做了妈妈的。这在上世纪五十年代初并不奇怪，解放后才获得上学机会的乡村青年不限年龄。我是班里年龄最小个头最矮的一个，座位排在头一张课桌上。我轻松地说："过一年个子长高了，我就不坐头排头一张桌子咧——上课扭得人脖子疼……"父亲依然无奈地说："钱的来路断咧！树卖完了——"

150

她放下夹在指缝间的木制长杆蘸水笔，合上一本很厚很长的登记簿，站起来说："你等等，我就来。"我就坐在一张椅子上等待，总是止不住她出去干什么的猜想。过了一阵儿她回来了，情绪有些亢奋也有点激动，一坐到她的椅子上就说："我去找校长了……"我明白了她的去处，似乎验证了我刚才的几种猜想中的一种，心里也怦然动了一下。她没有谈她找校长说了什么，也没有说校长给她说了什么。她现在双手扶在桌沿上低垂着眼，久久不说一句话。

她轻轻舒了一口气，扬起头来时我就发现，亢奋的情绪已经隐退，温柔妩媚的气色渐渐回归到眼角和眉宇里来了，似乎有一缕淡淡的无能为力的无奈。她又轻轻舒了口气，拉开抽屉取出一本公文本在桌子上翻开，从笔筒里抽出那支木杆蘸水笔，在墨水瓶里蘸上墨水后又停下手，问："你家里就再想不出办法了？"我看着那双滋浮着忧郁气色的眼睛，忽然联想到姐姐的眼神。这种眼神足以使任何被痛苦折磨着的心平静下来，足以使任何被痛苦折磨得心力交瘁的灵魂得到抚慰，足以使人沉静地忍受痛苦和劫难而不至于沉沦。我突然意识到因为我的休学致使她心情不好这个最简单的推理，而在校长、班主任和她中间，她恰好是最不应该产生这种心情的。她是教务处的一位年轻职员，平时就在教务处做些抄抄写写的事，在黑板上写一些诸如打扫卫生的通知之类的事，我和她几乎没有说过话，甚至至今也记不住她的姓名。我便说："老师，没关系。休学一年没啥关系，我年龄小。"她说："白白耽搁一年多可惜！"随之又换了一种口吻说："我知道你的名字也认得你。每个班前三名的学生我都认识。"我的心情突然灰暗起来而没有再开口。

她终于落笔填写了公文函，取出公章在下方盖了，又在切割线上盖上一枚合

缝印章,吱吱吱撕下并不交给我,放在桌子上,然后把我的休学申请书抹上浆糊后贴在公文存根上。她做完这一切才重新拿起休学证书交给我说:"装好。明年复学时拿着来找我。"我把那张硬质纸印制的休学证书折叠了两番装进口袋。她从桌子那边绕过来,又从我的口袋里掏出来塞进我的书包里,说:"明年这阵儿你一定要来复学。"

我向她深深地鞠了躬就走出门去。我听到背后"咣当"一声闭门的声音,同时也听到一声"等等"。她拢了拢齐肩的整齐的头发朝我走来,和我并排在廊檐下的台阶上走着,两只手插在外套的口袋里。走过一个又一个窗户,走过一个又一个教室的前门和后门,校园里和教室里出出进进着男女同学,有的忙着去注册去交费,有的已经抱着一摞摞新课本新作业本走进教室,还有从校门口刚刚进来的背着被卷馍袋的迟来者。我忽然心情很不好受,在争取得到了休学证后心劲松了吧?我很不愿意看见同班同学的熟悉的脸孔,便低了头匆匆走起来,凭感觉可以知道她也加快了脚步,几乎和我同时走出学校大门。

学校门口又涌来一拨偏远地区的学生,熟悉的同学便连连问我:"你来得早!报过名了吧?"我含糊地笑笑就走过去了,想尽快远离正在迎接新学期的洋溢着欢跃气浪的学校大门。她又喊了一声"等等"。我停住脚步。她走过来拍了拍我的书包:"甭把休学证弄丢了。"我点点头。她这时才有一句安慰我的话:"我同意你的打算。休学一年不要紧,你年龄小。"

我抬头看她,猛然看见那双眼睫毛很长的眼眶里溢出泪水来,像雨雾中正在涨溢的湖水,泪珠在眼里打着旋儿,晶莹透亮。我瞬即垂下头避开目光。要是再在她的眼睛里多驻留一秒,我肯定就会号啕大哭。我低着头咬着嘴唇,脚下盲目地拨弄着一个碎瓦片来抑制情绪,感觉到有一股热辣辣的酸流从鼻腔倒灌进喉咙里去。我后来的整个生命历程中发生过多次这种酸水倒流的事,而倒流的渠道却是从十四岁刚来到的这个生命年轮上第一次疏通的。第一次疏通的倒流的酸水的渠道肯定狭窄承受不下那么多的酸水,因而还是有一小股从眼睛里冒出来,模糊了双眼顺手就用袖头揩掉了。我终于扬起头鼓起劲儿说:"老师……我走咧……"

她的手轻轻搭上我的肩头:"记住,明年的今天来报到复学。"

我看见两滴晶莹的泪珠从眼睫毛上滑落下来,掉在脸鼻之间的谷地上,缓缓流过一段就在鼻翼两边挂住。我再一次虔诚地深深鞠躬,然后就转过身走掉了。

……

二十五年后,卖树卖树根(劈柴)供我念书的父亲在癌症弥留之际,对坐在他身边的我说:"我有一件事对不住你……"

151

我惊讶得不知所措。

"我不该让你休那一年学！"

我浑身战栗，久久无言。我像被一吨烈性梯恩梯炸成碎块细末儿飞向天空，又似乎跌入千年冰窖而冻僵四肢冻僵躯体也冻僵了心脏。在我高中毕业名落孙山回到乡村的无边无际的彷徨苦闷中，我曾经猴急似的怨天尤人："全都倒霉在休那一年学……"我一九六二年毕业恰逢中国经济最困难的年月，高校招生任务大大缩小，我们班里剃了光头，四个班也仅仅只考取了一个个位数，而在上一年的毕业生里我们这所不属重点的学校也有百分之五十的学生考取了大学。我如果不是休学一年当是一九六一年毕业……父亲说："错过一年……让你错过了二十年……而今你还算熬上点名堂了……"

我感觉到炸飞的碎块细末儿又归结成了原来的我，冻僵的四肢自如了冻僵的躯体灵便了冻僵的心又腾腾腾跳起来的时候，猛然想起休学出门时那位女老师溢满眼眶又流挂在鼻翼上的晶莹的泪珠儿。我对已经跨进黄泉路上半步的依然向我忏悔的父亲讲了那一串的泪珠的经历，我称呼伯伯的父亲便安然合上了眼睛，喃喃地说："可你……怎么……不早点给我……说这女先生哩……"

我今天终于把几近四十年前的这一段经历写出来的时候，对自己算是一种虔诚祈祷，当各种欲望膨胀成一股强大的浊流冲击所有大门窗户和每一个心扉的当今，我便企望自己如女老师那种泪珠的泪泉不致堵塞更不敢枯竭，那是滋养生命灵魂的泉源，也是滋润民族精神的泉源哦……

滋养生命灵魂的泪滴

◇赏析／冉彩虹

　　读完陈忠实的《晶莹的泪滴》，心中有一种沉甸甸的感觉，为"我"的家庭贫困，为"我"的中途退学，但在这沉重之中也有一种感激和感动，那都是因教务处年轻女先生的那晶莹的泪滴所引发的思绪。

　　对于一个孩子，特别是对一个成绩优异的孩子来说，要休学一年，这个损失是很巨大的，这意味着学业的中断以及失去一年最宝贵的汲取知识的大好时光，可这又是现实，是文中主人公不得不承受的现实。当他来到教务处要求开休学证书时，故事的情节展开了。教务处的年轻女先生很不愿意开这张休学证明，因为在她内心深处，是很同情、很疼惜这个贫困的孩子的。首先她提出让孩子的父母去想办法，当孩子告诉她家长已无能为力时，她去找了校长，企图能找到解决这个问题的方法。文章读到这里，读者的心已经被女先生的那颗爱生之心深深震撼了，她真是一位让人心生敬意的先生，那么关心一个普通的学生，为了让他继续上学，主动去找校长想办法。同时作者在此也构置了一个悬念，她找到校长了吗？问题能够解决吗？带着疑问我们继续看下去。

　　可得到的答案是"她轻轻舒了一口气，扬起头来时我就发现，亢奋的情绪已经隐退，温柔妩媚的气色渐渐回归到眼角和眉宇里来了，似乎有一缕淡淡的无能为力的无奈。"显而易见，她找到校长，可校长也无能为力了，于是她只有一种"无奈"之情，这于她肯定是最不愿意的结局，可是又无它法，只能办了休学证书。离别时她依依不舍，一直护送着"我"，有着千般的伤心与难过。这从文字中可以看出来——"我抬头看她，猛然看见那双眼睫毛很长的眼眶里溢出泪水来，像雨雾中正在涨溢的湖水，泪珠在眼里打着旋儿，晶莹透亮。"老师为了学生竟然掉下了眼泪，这泪滴对于一个孩子来说，是最好的精神食粮，因为这泪滴让一个贫困休学的孩子感受到了爱与关怀。

　　有人说"流泪是发泄不良情绪的最好办法"，可我要说"眼泪是化解愁苦的最佳良方"，同陈忠实所说的一样："那是滋养生命灵魂的泉源，也是滋润民族精神的泉源哦……"

我不知道他现在何处,境遇如何,也不知道他对一个尿床的中学生还有印象否?

一夜师生情

◆文/石 飞

154

老师,是人类灵魂的工程师,是播种阳光的天使,是引导人走出荒蛮蒙昧的圣者。但这些全都不能表达我对老师的虔诚敬意之情。世事沧桑,三十多年过去了,但那一夜师生情,却是刻骨铭心的,历历在目,宛若昨天。

那时,我在县城中学读初二。秋收时节,学校停课以班级为单位下乡支农。我们二(三)班去一个叫官山公社的什么小队帮助秋收,拾棉花,捋山芋叶。晚上就在小队的社屋里打地铺睡觉。我和教语文的王老师睡一个铺,我紧挨在他的身旁,与他共享他鲜亮的花被单。那时候农村没有电,无月的晚上,一片漆黑。晚饭的碗筷一扔,同学们就忙着在用墨水瓶自制的煤油灯下整理铺盖。如豆的灯光亮不多会儿就熄了。那会儿煤油紧缺难买,一墨水瓶的煤油要点三个晚上,不敢照时间长。疯了一天干了一天晒了一天的同学们很快进入了梦乡。我翻来覆去地睡不熟,老想我白天捋山芋叶时抓住的小野兔子。女同学死皮赖脸地夺,声称不给就把兔耳朵揪掉。好男不与女争,我就让了……我想小兔子这时候一定想妈妈了,想奶吃了。女同学的奶子里有水吗?奶头子能让小兔子叮吗?小兔子该尿尿了,我领着小兔子到外面去,到房屋后面,到大路旁,还是山芋地里好,"伙计,尿吧,咱俩一起尿。"

天哪,我该死透顶了!我做梦尿了床。王老师的被单湿透了。王老师睡的地方低,尿肯定把他的被子和身子都弄湿了。我轻轻地把被单朝自己的身底下拉,想焐干了事。这时候王老师伸出了胳膊。我想他一定是来扇我的脸或掐我的腚来了。记

得弟弟小时候尿床妈妈就是这样整治的。

王老师的手却在我额头上抚抚,轻声说:"天亮还早着呢,睡吧。"

天亮? 天亮还有脸见人吗? 有一次邻居家的小伙伴尿了床,他妈把被子晾在太阳底下,一手揪着他耳朵,一手指着被子上的尿印儿,骂:"不要脸,四五岁了还尿床,丢人现眼!"我已经是十二三岁的中学生了,王老师还能轻饶我? 二三十个男女同学会围着湿被单指指戳戳,还不把我笑话死,丢死人了。我害怕,怕得打哆嗦淌眼泪。我再也睡不着了,静着眼睛等天亮后灾难的降临。

我瞅见了门缝的亮,便悄悄地把裤褂穿了,但不敢离开,就坐在铺上,两手扣着后脑勺,默默流泪。

王老师也坐了起来,在我肩膀拍一下,温和地说:"出去换换空气,活动活动。"他那年轻的圆胖脸上挂着和蔼可亲的微笑,没有一丝儿责怨。

我想说王老师我对不起您,没等我说出来,他竟先开了口:"对不起,我夜里喝水不小心浇了铺,让你没睡好觉。"王老师边说边把铺头的搪瓷茶缸拿过来对我晃了晃。

直到今天也没有第三个人知道我下乡支农尿床的事。

155

王老师不是本地人,后来调走了,我不知道他现在何处,境遇如何,也不知道他对一个尿床的中学生还有印象否? 然而对于我,这"一夜师生情"至今记忆犹新,且将终生难忘。

前些日,我将这件事说给孩子们听。孩子们不信,说我又在编故事,哪会有这么好的老师。

永难忘怀的一个夜晚

◇赏析／冉彩虹

这篇文章情节很简单,语言也很朴实,可字里行间流露出的情感却让人过目难忘。

文中的"我"是一个初二的学生。在那个特殊的年代,学生要停课下乡支农,"我"也和老师同学一起到一个小队去帮忙。晚上,"我"和教语文的王老师睡一个铺。睡觉时"我"就想了很多,居然还想到和小兔子一起尿尿……

作者在这里已经设下了悬念,小孩子在辛苦又熟睡的情况下,又梦到尿尿,是难以有自控力的。果然不出所料,"我"尿床了。这时作者运用了生动的动作描写和细腻入微的心理描写,将一个小男孩尿床后的动作、神情、心理描写得惟妙惟肖,让读者忍俊不禁。他因为担心"王老师睡的地方低,尿肯定把他被子和身子都弄湿了。"于是就"轻轻地把被单朝自己的身底下拉,想焐干了事。"老师伸胳膊时心里还想着老师"一定是来扇我的脸或掐我的腚来了。"可见,当时"我"的心情是多么紧张、多么焦虑呀!

就在"我""两手扣着后脑勺,默默流泪"时,王老师却说是因为自己夜里喝水不小心浇了铺……"我"尿床的事就这样被隐瞒了下来,"直到今天也没有第三个人知道我下乡支农尿床的事。"

王老师让"我"终生怀念。世界上最了解学生的,莫过于老师,当然是负责任的有爱心的老师。文中的王老师就很理解自己的学生,他用谎言和爱替一个尴尬的学生解了围。他的行为算不上惊天动地,但对一个孩子来说却是意义深远。

> 一个人的成长故事总可以写出很多，里面有繁多的角色和章节，有的时候我们都会忘记了其中谁是很重要的。

永远的细节

◆ 文/梅子涵

九岁那年，我父亲突然地当上了"右派"，他想不通，就自杀，被救护车救走，事情被弄得家喻户晓，四五一弄里没有人不知道了。四五一弄是一个大院子，一幢幢的日本式房子，严老师住在我家对面的一幢，小学也在大院里。救护车是必然要从严老师家门前开过的，那时候，严老师一定听说了，救护车里救的，是她的学生梅子涵的爸爸。

我当然还是要去上学，像以前一样做着好学生，上课认真，遵守纪律，热爱劳动……走过一天一天的日子。就在那一年，我们入队了。严老师宣布：中队学习委员，梅子涵。

我当时只是激动，戴上两条杠的红标志走进了感觉的阳光和春风里，其他没有想过。没有想过严老师在确定名单时会想些什么？会不会犹豫过，让一个家喻户晓的右派儿子当中队委员……我没有想，因为那时我是一个小孩。可是现在我会想，我会想，当时严老师如果因为我的父亲当了右派，就没让我这个一贯的好学生当中队学习委员……那么我会怎样，我的感觉会怎样，它对我的后来会有怎样的影响？

我非常奇怪，一直到我小学毕业，一直到我家后来搬离四五一弄，严老师从来都没有在我的面前提起过我爸爸的事，更是没有提到过"右派"这两个字，一次也没有过。可是我的有些同学提到过，有些邻居提到过。

这是为什么？

我小时候是一个胆小的孩子，不大说话，默默努力，把向往放在心里。看见别的小孩优秀，就会有羡慕的目光和心理。学校有一个合唱团，每个星期都要在音乐教室练唱，指导老师是个漂亮的梳着两根很长的辫子的张老师。我们班级有好几个同学是合唱队的队员，我不知道他们是怎么会参加的，我也不知道如果我想参加那么应该怎样。我不懂得打听，我不知道如果你要知道一些事情，那么你就需要去问的，我也是一个非常老实的孩子(直到如今，还是非常老实)。每个星期，在练唱的日子，我看见同学们拿着乐谱夹精神抖擞地走进校门，整齐动听的歌声从音乐教室里传出来，我就微微地兴奋、微微地惆怅、微微地向往。

有一天，我看见练唱的同学走出了音乐教室，张老师也走了出来，我竟然就无比勇敢地走上前去，说，张老师，我也想参加合唱团，可以吗？老师返身走回音乐教室，打开琴盖，指定了一首我们学过的歌让我唱，我就"天真烂漫"地放声唱起来，越唱越高，无可收拾，最后一句"杀鸡"了。这是一次并不合格的考试，可是张老师笑笑说，你下个星期来参加活动吧。我至今仍旧记得"下个星期"和"下个星期"之后的日子里，我走进音乐教室，我的声音加入了同学们的声音里放声歌唱时，我的那份振作的、饱满的、兴奋的、自豪的、无比珍惜的心情和感觉，讲不清楚的，但是记忆犹新，如在眼前。

这是我的第一次毛遂自荐，实现向往。这是一个那么漂亮的女老师对一个天真的小男孩的精神理解和满足。这是我至今，也可能是一辈子惟一的一次参加了合唱团，进行歌唱的训练。

我现在要想，我的考试并不合格啊，我的那最后无可收拾的"杀鸡"声，不是连我自己都很难为情吗，可是张老师为什么二话没说就接受了我呢？而如果当时张老师没有接受我，而是说再好好努力吧……一类的话，那么给予我的又会是什么？

初三下学期，六月份了，"文化大革命"的气息在中学里已经闻得见，对学生也是越来越讲"家庭出身"了，"出身好"的感觉越来越好，"出身不好"的心头的阴影和沉重日益增添。一定是学校的布置吧，班主任唐老师在下午放学以后把工人子弟留下来开会。那时候我正坐在自己的位子上做作业，工人子弟集中在前面几排听唐老师讲话。我浑身不自在，有些难为情有些自卑，……可是我这时听见唐老师说，……工人家庭往往书很少，知识分子家庭书都比较多，比如像梅子涵同学的家庭，所以班级里成立图书馆，他拿了那么多书来了……我忘记了唐老师是在什么话题里讲起这段话的，我只记得她当时讲着这段话时，表达的是一种肯定和赞赏的意思，从而使我的不自在和自卑瞬间就有了些好转，心里明亮了许多，甚至有了些少年的自豪。

　　我不知道,唐老师当时讲这番话,是不是因为看见我低着头坐在那儿做功课,我在后来的日子,也从来没有对唐老师提起过这件事,但是我现在想,不但是当时那一刻对我的内心感觉,就是后来我所走的人生道路,我成了一个与书本打交道的教授,成了一个写书的作家,难道和唐老师有意或者无意地讲了这一番话没有关系吗?

　　一个人的成长故事总可以写出很多,里面有繁多的角色和章节,有的时候我们都会忘记了其中谁是很重要的。

　　老师是很重要的。

　　所以我总不忘记老师。我不仅是常常记起那些通常的上课时的故事和师生之情,还有别的,还有别的许多很小的细节,它们就那样无声地影响了我甚至决定了我,意义比授予我的知识更重要,赋予了我生命的热情、勇气、信心、希望,赋予了我童年尽可能多的诗意。

　　谢谢您,老师!

润物无声忆恩师

◇赏析／刘　阳

　　这是一篇回忆性散文。作者求学的时代是一个令人不堪回首的时代,尽管作者父亲在当时被错误地划成了"右派",却并没有因此而遭遇歧视,他从三位老师那里获取了"生命的热情、勇气、信心、希望",因此满怀感恩的心回忆了给他无声帮助的老师,撼人心魄,感人情怀。

　　在父亲被划成"右派"时,作者还小,根本不知道父亲被划成"右派"对他今后的人生路产生怎样的影响。当严老师宣布自己当上了中队学习委员时,作者"走进了感觉的阳光和春风里",这是作者当时真实情感的写照。一个九岁的孩子能懂政治么?在那个年龄孩子的眼里只有尽可能多的童话和诗意。直到以后毕业和搬家,严老师都从没有提及过父亲的事,更别说"右派"二字。严老师给作者的童年留下了一片纯洁美好的记忆,一个纯洁蔚蓝的成长天空。虽然这只是一个很小的细节,但于作者未来的成长却是弥足珍贵的。

　　"漂亮的梳着两根很长辫子"的张老师,没有因为作者连"自己都很难为情"的歌声而拒绝他加入合唱团,却给了"一个天真的小男孩的精神理解和满足",这样的细节回想起来,赋予了作者生命的热情与勇敢。

　　唐老师一句"有意或无意"的话,似一缕春风,拂去了压在作者心头的自卑与阴影,"心里明亮了许多,甚至有了些少年的自豪"。这样一个只有作者才能感觉到的细节,赋予了作者生命的信心与希望。

　　作者在回忆每个难忘的细节后总想起这些细节对自己人生成长所产生的积极影响,对老师的这种润物无声的帮助给予了高度的肯定和赞美。

　　作者曾说过:"一个人的一生,该谢的人真是很多……他们给你的往往不属于伟大的赐予,甚至可能是看不见的微乎其微,可是只要你懂得珍惜地留在心里,从温馨的记忆去感恩去抚摸,那么就能够读出最伟大的意义。该珍惜的东西是不分大小的。"让我们像作者一样,学会珍惜,学会感恩。

我已经知道你来这里的目的了。你
只需静静地沉思三分钟，自我检查一下
你的行为。

永远的感激

◆文/周仕兴

　　十二岁那年，带着母亲的嘱咐和对未来的憧憬，我只身从一个落后的山村来到繁华的都市求学。由于年少轻狂，寄居他乡，自己那娇生惯养的犟脾气还没来得及收敛，我就被学校开了"刀"——给予记过处分，并全校点名批评。

　　那是在一次课间活动中，邻桌的一女生笑我的"东洋头"土里土气，就像她家的锅盖，我顿觉自己的尊严受到了莫大的侮辱，盛怒之下，一巴掌重重地打在了她的脸上。

　　从此以后，同学们都讥讽我是个心理不正常的人。女同学鄙夷我唾弃我，男同学厌恶我逃避我。被人隔离的苦痛和心酸犹如一块烧红的铁块深深地烙在我幼稚而敏感的心上，使我感到了从未有过的委屈和耻辱。我渐渐丧失了求学的信心和勇气，甚至想到了辍学。

　　这时，班主任耐心地安慰我说："努力学习吧，争取用优异的成绩来证明你自己！"证明自己？好面子的我犹如一只在茫茫海洋中挣扎的旱鸭子抓到了一束水草——我暗下决心要一鸣惊人，绝不让人瞧不起！可是，就凭我那在及格边缘徘徊不定的成绩，甭说"一鸣"，就算是"三鸣"、"四鸣"，恐怕也难以"惊人"呀！绞尽脑汁苦思冥想后，我想到投机取巧：偷改试卷！

　　按照周密计划，我顺利地偷改了第一科考试卷。当第二科考试结束后，我又跟踪监考老师来到了试卷存放处。并于当天傍晚，趁老师们吃饭进修，偷偷地从窗口爬了进去。可是，这次并不那么顺利了。我在屋里翻箱倒柜都找不到试卷，加上做贼心虚,我一时乱了手脚,不小心碰倒了桌上的暖水瓶,"砰"的一声爆炸把我吓得浑身发抖。当我正准备逃离现场时,屋外传来了急促的脚步声。这脚步声无异于平地响起了一阵惊雷,我分明感到整个世界都在开始坍塌。我无处逃遁又无法面对即将发生的一切,惊慌失措的我只好急忙钻到桌子底下一个黑暗的角落缩成一只"刺猬"。

紧接着是扭动钥匙开门的声音。这声音像一把刺向我的钢刀,肆无忌惮地剜割着我的神经,我简直快被这突如其来的恐惧给吞噬了。

那个人走了进来,随手拉亮了灯。在这间设备简陋的办公室里,"躲"在桌子底下的我犹如脱光了衣服赤裸裸地站在光天化日之下。我彻底失望了,哆哆嗦嗦地钻了出来,但仍旧用双手紧紧抱住脑袋,背向着他顽强地固守着自己最后一点可怜的"自尊"。那人愣了愣,沉默不言。他似乎早有预料似的,丝毫没有惊奇的举动,也没有像我预想的那样,首先严厉地质问我几句,然后看清我的真实面目,再然后就是"擒贼"。

不知道僵持了多久,这异常的氛围在死一般的沉寂中逐渐平静了下来。他终于开口了:"我已经知道你来这里的目的了。你只需静静地沉思三分钟,自我检查一下你的行为。"约摸两分钟过后,他继续缓和地说:"我不知道你是谁,也不想知道你是谁。现在我面向墙壁,你出去吧!记住,今晚的事只有你我知道,今后你还是个好学生!"

转身出门的一刹那,我发现他就是我的班主任!

虽然,那次考试我终于没有"一鸣惊人",但三年之后的中考,我以全县第一名的成绩考上了区里的一所重点高中。事过境迁,星移斗转,多年前那个曾企图通过偷改试卷来挽回自尊的小男生,现在已经名正言顺地跨进了大学的校门。而今,回过头来看自己走过的路,我可以问心无愧地告慰我敬爱的班主任:"我还是一个好学生,真的!"

特色成就美文

◇赏析／冉彩虹

《永远的感激》讲述的是一位老师与一名学生之间发生的故事。故事情节很简单，但其意蕴深厚，让人过目难忘。总结一下，有三个地方最有特色：

一、叙述所采用的角度很合理。作者在文中采用了第一人称来叙述，这样作者就能够细致描绘自己的心理变化，直接表达自己丰富的内心感受，抒发自己对老师的感激。读者读起来也更真实，能进入作者的内心世界去感受，更易产生共鸣。

二、谋篇布局十分巧妙。虽说文章抒写的是作者对老师的感激之情，但并没有用很大的篇幅去描写老师，而是先交代"我"从农村到都市求学的特殊经历，以及因各种原因而产生的自卑心理，在班主任老师的鼓舞与激励下，"我"试图通过偷改试卷而"一鸣惊人"，可最终东窗事发被发现而酿成大错；在老师的教育与宽容中，自己认识到错误并最终名正言顺地跨进了大学的校门。文章紧扣"我"的内心活动，层层蓄势，最终以老师出乎意料的教育方式及其对学生的宽容大度的行为来表现其高明宽松的教育方法，老师的伟大形象也在此得以显现。

163

三、人物的心理描写很出色。作者在描写心理活动时，除了直接表达自己内心的感受外，还多次运用了精彩的比喻来刻画心理，如："被人隔离的苦痛和心酸犹如一块烧红的铁块深深地烙在我幼稚而敏感的心上，使我感到了从未有过的委屈和耻辱"，"这声音像一把刺向我的钢刀，肆无忌惮地剜割着我的神经，我简直快被这突如其来的恐惧给吞噬了"……这种以实写虚的手法，使人物内心那种抽象飘渺的情感形象可感，人物形象也更为突出。

以上这些特色之处成就了这篇美文，既给人以感观上的享受，又给人心灵上的愉悦，还给人思想上的启迪。

我虽然到现在还不能够做到像他那样地"否定自己",但是我的行为却始终受着这个影响的支配。

我的几个先生

◆文/巴 金

　　我的第一个先生就是我的母亲。我已经说过,使我认识"爱"字的是她。在我幼小的时候,她是我的世界的中心。她很完满地体现了一个"爱"字。她使我知道人间的温暖,她使我知道爱与被爱的幸福。她常常用温和的口气,对我解释种种的事情。她教我爱一切的人,不管他们贫或富,她教我帮助那些在困苦中需要扶持的人;她教我同情那些境遇不好的婢仆,怜恤他们,不要把自己看得比他们高,动辄将他们打骂。母亲自己也处过不少的逆境,在大家庭里做媳妇,这苦处是不难想到的。但是,母亲从不曾在我的眼前淌过泪,或者说过什么悲伤的话。她给我看见的永远是温和的、带着微笑的脸。

　　我在一篇短文里说过:"我们爱夜晚在花园上面天空中照耀的星群,我们爱春天在桃柳枝上鸣叫的小鸟,我们爱那从树梢洒到草地上面的月光,我们爱那使水面现出明亮珠子的太阳。我们爱一只猫,一只小鸟。我们爱一切的人。"这个爱字就是母亲教给我的。

　　因为受到了爱,认识了爱,才知道把爱分给别人,才想对自己以外的人做一些事情。把我和这个社会连起来的也正是这个"爱"字,这是我的全性格的根底。

　　因为我有这样的母亲,我才能够得到允许和仆人、轿夫们一起生活。我的第二个先生就是一个轿夫。

　　轿夫住在马房里,那里从前养过马,后来就专门住人。有三四间窄小的屋子。

没有窗，是用竹篱笆隔成的，有一段缝隙，可以透进一点阳光，每间房里只能放一张床，还留一小块地方做过道。轿夫们白天在外面奔跑，晚上回来在破席上摆了烟盘，把身子缩成一堆，挨着鬼火似的灯光慢慢地烧烟泡。起初在马房里抽大烟的轿夫有好几个，后来渐渐地少了。公馆里的轿夫时常更换。新来的年轻人不抽烟，境遇较好的抽烟的人便到烟馆里去，只有那个年老体弱的老周还留在马房里。

我喜欢这个人，我常常到马房里去，躺在他的烟灯旁边，听他讲种种的故事。他有一段虽是悲痛的却又是丰富的经历。他知道许多许多的事情，他也走过不少的地方，接触过不少的人。他的老婆跟一个朋友跑了，他的儿子当兵死在了战场上。

他孤零零地活着，在这个公馆里他比别人更知道社会，而且受到这个社会不公平的待遇。他活着也只是痛苦地挨日子。但是他并不憎恨社会，他还保持着一个坚定的信仰：忠实地生活。用他自己的话来说："火要空心，人要忠心。"他这"忠心"并不是指奴隶般地服从主人，他的意思是忠实地依照自己的所信活下去。他的话和我的母亲的话完全两样。他告诉我的都是些连我母亲也不知道的事情。他并不曾拿"爱"字教我。然而他在对我描绘了这个社会的黑暗面，或者叙说了他自己的悲痛的经历以后，就说教似的劝告我："要好好地做人，对人要真实，不管别人待你怎样，自己总不要走错脚步。自己不要骗人，不要亏待人，不要占别人的便宜……"

我一面听他这一类的话，一面看他的黑瘦的脸，陷落的眼睛和破衣服裹住的瘦得见骨的身体。我看见他用力从烟斗里挖出烧过两次的烟灰去拌新的烟膏，我心里一阵难受，但是以后禁不住想是什么力量使他到了这样的境地还说出这种话来！

马房里还有一个天井，跨过天井便是轿夫们的饭厅，也就是他们的厨房。那里有两个柴灶。他们做饭的时候，我常常跑去帮他们烧火。我坐在灶前一块石头上，不停地把干草或者柴放进灶孔里去。我起初不会烧火，看着要把火弄灭了，老周便把我拉开，他用火钳在灶孔里弄几下，火就熊熊地燃了起来。他放下火钳得意地对我说："你记住，火要空心，人要忠心。"的确，我到今天还记得这样的话。

我从这个先生那里略略知道了一点社会情况。他使我知道在家庭以外还有所谓社会，而且他还传给我他那种生活态度。

日子一天一天像流星似的过去，我渐渐地长大起来，我的脚终于跨出了家庭的门槛。我认识了一些朋友,我也有了新的经历,在这些朋友中间我找到了我的第三个先生。

他是《半月》的一个编辑,我们举行会议时总有他在场;我们每天晚上在商场楼上的报社办事的时候,他又是最热心的一个。他还是我在外国语专门学校的同学,班次比我高。

我刚进去不久,他就中途辍学了。他辍学的原因是要到裁缝店去当学徒。他的家境虽不宽裕,可是还有钱供他读书。但是他认为"不劳动者不得食",说"劳动是神圣的事"。他为了使他的言行一致,毅然脱离了学生生活,真的跑到一家裁缝店规规矩矩地行了拜师礼,订了当徒弟的契约。每天他坐在裁缝铺里勤苦地学着做衣服,傍晚下工后才到报社来服务。

他是一个近视眼,又是初学手艺,所以每晚他到报社来的时候,手指上密密麻麻的满是针眼。他自己倒高兴,毫不在乎地带着笑容向我们叙述他这一天的有趣的经历。我们不由得暗暗地佩服他。他不但这样,同时还实行素食。我们并不赞成他的这种苦行,但是他实行的毅力和刻苦的精神却使我们齐声赞美。

他还做过一件使我们十分感动的事,我曾把它写进了我的小说《家》。事情是这样的:他是《半月》的四个创办人之一,他担负大部分的经费。刊物每期销一千册,收回的钱很少。同时我们又另外筹钱刊印别的小册子,他也得捐一笔钱。这两笔款子都是应当按期缴纳不能拖延的。

他家里是姐姐管家,不许他"乱用"钱。他找不到钱就只好拿衣服去押当,或是当棉袍,或是当皮袍。他怕他姐姐知道这件事,他出去时总是把拿去当的衣服穿在身上,走进了当铺以后才脱下来。当了钱就拿去缴月捐。他常常这样办,所以闹过热天穿棉袍的笑话,也有过冬天穿夹袍的事情。

我这个先生的牺牲精神和言行一致的决心,以及他不顾一切毅然实行自己主张的勇气和毅力,在我的生活里留下了不可磨灭的影响。我第一次在他的身上看见了信仰所开放的花朵。他使我第一次知道一个人的毅力会做出什么样的事情。母亲教给我"爱";轿夫老周教给我"忠实"(公道);朋友吴教给我"自己牺牲"。我虽然到现在还不能够做到像他那样地"否定自己",但是我的行为却始终受着这个影响的支配。

人 生 之 师

◇赏析／冉彩虹

　　巴金先生，正如大家所熟知的，他是中国现代文学史，乃至世界文学史上最伟大作家之一。他和他的作品散发着永恒的艺术魅力！今日读了老先生的《我的几个先生》，好像真正走进了他的内心世界，走进了他的心灵。这时，我发现，他内心深处的情感是多么炽烈！他对这些给予过他力量与信念的人充满着深深的挚爱与追忆。

　　他在文中回忆了自己人生道路上的三个重要的人，这三个人对他的人格形成产生了重要影响，他尊称为三位先生：一位是母亲，一位是轿夫，另一位是《半月》的一个编辑。

　　第一位先生是母亲。"她使我知道人间的温暖，她使我知道爱与被爱的幸福。"正因为有了母亲的这种关于爱的教育，才使作者有了一颗细腻、温婉的博爱之心，从小就能写下这样的一段关于爱的文字——"我们爱夜晚在花园上面天空中照耀的星群，我们爱春天在桃柳枝上鸣叫的小鸟，我们爱那从树梢洒到草地上的月光，我们爱那使水面现出明亮珠子的太阳。我们爱一只猫，一只小鸟。我们爱一切的人。"这种情况也许是巴金先生成为一代文豪的源动力吧？

167

　　第二位先生是轿夫。"他的老婆跟一个朋友跑了，他的儿子当兵死在了战场上。""他孤零零地活着，在这个公馆里他比别人更知道社会，而且受到这个社会不公平的待遇。"这样痛苦的经历照说足以摧毁一个人的意志了，可是轿夫却没有垮下，"他并不憎恨社会，他还保持着一个坚定的信仰：忠实地生活。用他自己的话来说：'火要空心，人要忠心'。"正是他的这种精神影响了作者，使得他在人生的道路上始终保持着乐观向上的生活态度，写出了许多积极向上的作品。

　　第三位先生是《半月》的一位编辑。他为了大家共同的追求和事业总是在奉献着自己的所有，他的"牺牲精神和言行一致的决心，以及他不顾一切毅然实行自己主张的勇气和毅力"，给作者留下了不可磨灭的影响。

　　作者在记叙这三位先生时语言平实流畅，感情丰富真挚。文字间所蕴含的哲理深刻，给予读者的是很大的精神财富。我们在欣赏优美的文章后，可以领悟到生活的美好，可以感受到人性的善良。

> 只见他紧绷着脸，没有一丝笑容，神情严肃地看着我。

华盛顿先生

◆ 文/[美]莱斯·布朗

第一次见到华盛顿先生的时候，我还是学校特殊教育班低年级的一名学生。

有一天，我来到十一年级的一间教室，等待我的一位朋友。就在我刚迈进教室的时候，他们班的老师突然出现在我的面前，把我吓了一大跳。只见他紧绷着脸，没有一丝笑容，神情严肃地看着我。他就是华盛顿先生。那天，他要求我到讲台前，在黑板上解答一些问题。但是，我却对他说我不能去做。

"为什么不能？"他皱了皱眉头，不解地问道。

"因为……因为……我不是您的学生。"我嗫嚅着。

"哦，这没关系，"他眉头舒展开来，语调也缓和了许多，"来吧，不要害怕，请到讲台前来。"

"不，华盛顿先生，我……我……我不能这么做。"我感到紧张极了，说话竟也不成句子。

"为什么不能呢？"他的眉头又拧成了一条绳。

那一刻，我窘迫极了，一时竟不知说什么好，情急之中脱口而出："因为……因为我是特殊教育班的弱智学生。"

听我这么一说，华盛顿先生那紧锁的眉头再一次舒展开来，严肃的表情蓦地变得慈祥起来。他索性从讲台后面走了出来，来到我的面前，注视着我，温和地说："听着，孩子，以后千万不要再这样说了，别人对你的看法不一定就能代表你的真实情况。"

那一刻，对我来说，可以说真是释然无缚的一瞬。因为，一方面，既然别的学生已经知道了我是特殊教育班的弱智学生的实情，那么就由他们去嘲笑、去羞辱吧，今后我再也不用老是为此躲躲闪闪、心存顾忌了，这对我来说未尝不是一件好事；另一方面，由于我以前太在意别人对我的看法了，无论做什么事都处处小心，瞻前顾后，总是顾忌别人会怎么看我，心灵竟被禁锢得如死水一样。华盛顿先生的一番话使我幡然醒悟，使我意识到了我并非一定要在别人对我的看法、对我的议论形成的那种环境中生活。

就这样，华盛顿先生成了我的良师益友。其实，在这次经历之前，我在学校里已经遭受过两次挫折。一次是上五年级时，我被学校鉴定为"弱智学生"，从五年级降级到了四年级；还有一次是上八年级时，我又遭受了同样的挫折。但是，华盛顿先生的出现使我的人生旅程发生了深刻而又激动人心的变化。

通过一段时间的观察，我发现戈斯的思想对华盛顿先生的为人处世有着重要的影响。华盛顿先生也说他是按照戈斯的思维来行事。戈斯曾经说过这样一句话："对任何一个人，如果只用过低的标准来要求的话，那么，他只会越来越糟；相反，如果用高标准来严格要求的话，那么，他就可能会获得成功，甚至会取得伟大的成就！"同卡尔文·劳埃德一样，华盛顿先生相信："没有人会从低标准中脱颖而出。"因此，他总是给学生们这样一种感觉——他对大家寄予了很高的期望。就这样，所有的学生都在努力地奋斗着，以便能够达到他所期望的那些标准。

记得有一天，我去听华盛顿先生给一些即将毕业的高年级学生所作的演讲。当时我还是一名低年级的学生。只听他热情洋溢地对学生们说："同学们，你们天赋异禀，资质聪颖，而且风华正茂，年轻有为。如果你们能够时时审视自己，不断超越自我，同时要敢于设想未来的你将会拥有什么卓越的特长，并且会用它给我们这个星球带来什么，而且为这远大前景不懈地努力奋斗，那么历史将会因你们而改变，世界也将会因你们而改变！你们会令你们的父母感到骄傲，会让你们的学校和社会为之自豪！你们将会影响成千上万人的生活！"华盛顿先生在台上滔滔不绝地讲着，还不时挥舞着双手。台下学生听得群情激昂，许多人情不自禁地站了起来，向他振臂欢呼，掌声经久不息。而我躲在礼堂的一个角落里静静地、全神贯注地听着。虽然，他的这番演讲是针对高年级学生的，但是我却觉得好像是针对我的一样。

演讲结束后，我在停车场里追上了他。

"华盛顿先生，您还记得我吗？刚才，您给高年级学生作演讲的时候，我也在礼堂里聆听。"我满怀崇敬的心情，激动地说。

"哦,你也在那里?"他有些将信将疑,"你在那里干什么?你可是低年级的学生呀。"

"我知道,华盛顿先生。是这样的,今天,在您演讲的时候,我正好从门外经过,听到从礼堂里传出了您的声音,一下子就把我吸引住了。虽然,它不是讲给我听的,但是,我却总觉得您那个演讲是针对我的。于是,我就进去听了。先生,您说他们'天赋异禀,资质聪颖',而我也在那个礼堂,我也和他们一样吗?我也是'天赋异禀,资质聪颖'吗?"

"噢,当然,布朗,你当然也和他们一样。"他答道。

"可是,先生,事实却不是这样的。我的外语、数学和历史常常考不及格,暑假期间我还必须到补习班去补习,这究竟是为什么呢?我知道,一定是我太笨了,我比大多数的同学都要迟钝。我不像我的弟弟、妹妹那样聪明伶俐,他们就要到迈阿密州立大学去读书了。可我……"

"哦,布朗,没关系的,它能说明什么呢?它只能说明今后你还得更加地努力才行。要知道,在我们的一生中,对未来的命运和成就起决定作用的因素很多很多,但年级的高低并不能决定你未来的命运和成就。记住,千万不要灰心,不要泄气!"

"我想给我妈妈买一套房子,您看我能行吗?"

"这怎么不行呢?布朗,我相信你一定能够做到。"说完,他轻轻地拍了拍我的头,然后转过身,打算离去。

"华盛顿先生!"我连忙喊住他。

"还有什么事吗,布朗?"

"嗯,先生,我一定要成为您所说的那样的人,请您记住我,记住我的名字,总有一天您会再次听到它的。我一定会让您骄傲的,先生。"

从那以后,我好像变了一个人似的:我对自己充满了信心,对任何事情都勇于去尝试,去奋斗,去拼搏,再也不像以前那样总是自卑自怜,妄自菲薄,生活在别人为我设计好的环境中了。现在想来,过去,我之所以能够不断升级,从某种意义上说,只是因为我还不是一个坏孩子,而是一个既讨人喜欢又十分有趣的小孩。我不但总惹人发笑,让人心情舒畅,而且还彬彬有礼,对师长毕恭毕敬,所以老师们都愿意让我通过考试,我知道这对我是没有任何好处的。如今,我已经意识到学习对于我来说,是一场真正的战斗。幸运的是华盛顿先生使我恢复了信心,增强了责任感。我相信我有足够的能力来应对任何事情,实现我的理想。

在我进入高年级后,华盛顿先生竟成了我的指导教师,我高兴极了,虽然我还是特殊教育班的学生。通常,接受特殊教育的学生是不能参加演讲和戏剧演出的,

但学校为了能够让我和他在一起而作了特别的安排。由于我的学习成绩开始稳步上升，校长也意识到了这种已经成为事实的结合对我所产生的巨大影响。就在那一年，我的名字终于上了学校的荣誉册，这可是我生命中的第一次啊！接下来，我打算和戏曲系的同学一起出去旅行，但如果要出城旅游的话，就必须是名字上了学校的荣誉册的学生才行。啊，这对我来说，简直就是奇迹！

而这一切，都是因为华盛顿先生！是他使我对自身有了客观的全新的认识；是他使我对未来有了更加广阔而又深远的憧憬，尽管它已超越了我的智力水平和家庭环境所能承受的限度。

几年以后，我制作了五部专题片，并在公众电视上播出了。当我制作的节目《你应受报答》在迈阿密教育电视台播出时，我让一些朋友通知了华盛顿先生。

那天，当他从底特律打来电话的时候，我正坐在电话机旁焦急地期待着。"请问，我能和布朗先生通话吗？"

"您是谁？"我问道。

"你知道我是谁。"他故意卖了个关子，但我感觉到他正在微笑。

"噢，华盛顿先生，是您吗？"我高兴地叫了起来。

"你就是那个让我感到骄傲的人，是吗？"

"是的，先生，正是我。"

良师相助 转弱为强

◇赏析／王书文

文中的华盛顿先生是一个充满爱心、善用激励教育开启学生的心智，让学生由人们所说的弱智变为强者的好老师，是弱者心中的"贵人"。

本文有以下几个特点：

两大板块。本文大致可分为两大板块：从一至二十五自然段为第一板块，写的是华盛顿先生如何积极地引导"我"、鼓励"我"。第二大板块：从二十六至三十五自然段，侧重写的是"我"的"学习成绩开始稳步上升"，以至于终获成功——制作了五部专题片。

四次受教。文章更多的是通过对话来推动情节，塑造形象的。第一次写"我"与华盛顿先生在"十一年级教室"不期而遇，当"我"讲自己是"弱智学生"时，他"温和地说:'听着,孩子……不一定就能代表你的真实情况。'"——这句话,使"我"初变心态;第二次谈话是"偷"听华盛顿先生演讲——使"我"信心更足,以为自己是"天赋异禀,资质聪颖";第三次谈话是在停车场进行,其间"我"向先生表态——"我对自己充满了信心";第四次谈话是"我"终于上了学校的荣誉册,特别是"几年以后,我制作了五部专题片",师生电话交谈——这是高潮。华盛顿先生说:"你就是那个让我感到骄傲的人,是吗?"这是欢呼,是赞许,又是新的激励!文章用"我"的答语作结,既表明对先生的感激,又充满自豪感。

在孩子们的成长过程中，带他们更
多地接触自然，贴近田野，体验山林，以
便长大成人以后，心胸能够像大地一样
宽广，具有健康的心灵，鲜活的情趣。

我的第一个老师

◆文/王充闾

　　小时候我有一个近支的族叔，本名为"德树"，字"俊明"，可是，村里的人提起
他来，却总是叫他"魔怔"。其实，他在当地，算是最有学识、最为清醒的人，只是说
话、处事和普通人不一样，因而为乡亲们所不理解。正所谓："行高于人，众必非
人。"

　　早年，他在外面做事，由于性情骨鲠、直率，不肯屈从上司的旨意，又喜欢"较
真"，凡事都要争出一个"理"来，因而，无端遭受了许多白眼。千般的气闷全都窝在
心里，没有发泄的渠道，使得精神受到很大的刺激，多年来一直"僵卧孤村"，在家
养病。

　　他那种凄苦、苍凉的心境，留给我很深的印象，却又找不出恰当的话语来表
达。后来，读了鲁迅的作品，看到先生说的，总如野兽一样，受了伤，并不嚎叫，挣扎
着回到林子里去，倒下来，慢慢地自己去舔那伤口，求得痊愈和平复——心中似有
所感，觉得大体上很相似。当然，这里只是就事论事，没有涉及更为广泛的内容。魔
怔叔作为一介凡夫，是不能同思想家与战士相提并论的。

　　魔怔叔的面相一如他的心境，一副又瘦又黄的脸庞，终日阴沉沉的，很难浮现
出一丝笑容，眼睛里时时闪现着迷茫、冷漠的光。年龄刚过四十，头发就已经花白
了，腰板却总是挺得直直的。动作中带着一种特有的矜持，优雅的懒散和栖惶的凝
重，有时，却又显得过度的敏感。几片树叶飘然地坠落下来，归雁一声凄厉的长鸣，
也会令他惊心怵目，四顾怆然。刚说了一句"悲哉，此秋声也"，竟然莫名其妙地流

下来几滴泪水，呜咽着，再也说不出话来。

　　他感到空虚、怅惘和无边的寂寞。老屋里挂着一幅已经被烟尘熏得黝黑的字画，长长的字句很少有人念得出来。在我认得许多字之后，他耐心地一个字一个字地说给我听，原来是唐代诗人杜甫的七律。记得最后两句是："鱼龙寂寞秋江冷，故国平居有所思。"

　　他有满腹经纶，却得不到人们的赏识，心情自然感到苦闷。我父亲读的书虽然没有他的多，思想感情上倒和他有相通之处，所以，两个人还能谈得来。只是，父亲每天都要从事笨重的体力劳动，为衣食奔走，闲暇时间太少。魔怔叔便把我这个毛孩子引为"忘年交"，这叫做"蜀中无大将，廖化作先锋"。但是，对我来说，却有幸结识一位真正的师长。

　　魔怔叔像一个不食人间烟火的方外之人，整天生活在精神世界里，对于吃穿享用并不怎么讲究。他对各种资财、物品都不加料理，甚至心爱的书籍被人借走了也想不到索还。他曾对我说，小情重小而轻大，这是一种迷误。魔怔叔不愿与人交往，他认为，与其同那些扞格不入的人打交道，莫不如孑然独处。有时一个人木然地坐在院子里，像一个坐禅的僧侣，甚至像一尊木雕泥塑，目光冷冷的，手里擎着一个大烟袋，吧嗒吧嗒，一个劲儿地抽烟。任谁走近身旁，他都不会抬眼瞧瞧。一天，本地一个颇有资财的表嫂去他家串门见他那副孤高、傲慢的架子，便拍手打掌地说："哎哟哟，我的老弟啊，就算是'贵人语话迟'吧，也不能摆出那副酸架子！难道是哪一个借你黄金还你废铁了？"魔怔叔睃了她一眼，现出一脸不屑的神情，冷笑着说："样儿不好，自家瞧，也没抬上八抬大轿请你来看。"

　　他平素不怎么喝酒，只有一次，到一个多年不见的朋友家去聊天，喝得酩酊大醉。摔了人家的茶壶，骂了半晌糊涂的话，最后跟跟跄跄地走出来，居然在丧失意识的情况下，不费力气地找回了自己的家门。我问他是怎么找回来的，他说，不知道。这恐怕是因为以前无数次的回家记忆，已经内化在他的思维里，形成一种无意识的自在机制。

　　童年的我，求知欲特别强，接受新鲜事物也快，正像法国大作家都德说的，"简直是一架灵敏的感觉机器，就像身上到处开着洞，以利于外面的东西随时进来。"我整天跟在魔怔叔身后，像个小尾巴似的，听他讲《山海经》、《鬼狐传》。有时说着说着，他就戛然而止，同时用手把我的嘴捂上，示意凝神细听丛间的唧唧虫鸣，这时，脸上便现出几分陶然自得的神色。

　　春天种地时，特别是雨后，村南村北的树上，此伏彼起地传出"布谷，布谷"的叫声。魔怔叔便告诉我，这种鸟又拙又懒，自己不愿意筑巢，专门把蛋产在别的鸟

窝里。最令人气恼的是，小布谷鸟孵出来以后，身子比较强壮，心眼却特别坏，总是有意地把原有的鸟雏挤出巢外，摔在地下。

魔怔叔说，燕子生来就是人类的朋友，它并不怎么怕人，随处垒巢，朱门绣户也好，茅茨土屋也好，它都照搭不误，看不出受什么世俗的眼光的影响。燕子的记性特别好，一年过后，重寻旧垒，绝对没有差错。回来以后，惟一要做的事就是修补旧巢。它们整天不停地飞去飞来，含泥衔枝，然后就是产卵育雏，不久，一群小燕就会挤在窝边，齐齐地伸出小脑袋等着妈妈喂食了。平日里，它们只是呢喃着，似乎在热烈地闲谈着有趣的事情，可惜我们谁也听不懂。

鸟雀中，我最不喜欢的是猫头鹰，认为它是一种"不祥之鸟"，因为听祖母说过，它是阎王爷的小舅子，一叫唤就会死人。叫声也很难听，有时像病人的呻吟，有时发出"咯咯咯"的怪笑，夜空里听起来很吓人。样子也很古怪，白天蹲在树上睡觉，晚间却拍着翅膀，瞪起大而圆的眼睛。

魔怔叔耐心地听我诉说着，哈哈大笑起来。显然，这一天他特别畅快。他问我："你知道古时候它的名字叫啥吗？"我摇了摇头。他在地上用树枝书写一个"枭"字，他说，从前称它"不孝之鸟"，据说，母鸟老了之后，它就一口口地啄食掉，剩下一个脑袋挂在树枝上。所以，至今还把杀了头挂起来称为"枭首示众"。

我进了私塾之后，仍然和魔怔叔保持着亲密的关系。他和我的塾师刘墨亭先生是挚友，每适刘先生外出办事，总要请他代理课业，协助管束我们。由于魔怔叔是一位地地道道的"博物学家"，讲授的都是些活的学问，所以，我们特别感兴趣。

在这天午后的课堂上，他随手拿起一本《千家诗》，翻到"双双瓦雀行书案，点点杨花落砚池"这几行，又用手指着窗外枝头的家雀，说：因为家雀常栖止于檐瓦之上，所以，这里称做"瓦雀"。接着，他又提问我们：李清照词中的"只恐双溪蚱蜢舟，载不动许多愁"，这个"蚱蜢"是什么东西？看我们答不出来，就进行实物教学，从后园里捉回一个翅膀和腹部都很长的飞虫，手指捏住它的双腿，它便不停地跳动着。我们认出来了，这是大蚂蚱，俗称"扁担勾"的，当即高兴地齐声念起了儿歌："扁担扁担勾，你担水，我熬粥。熬粥熬的少，送给刘姥姥。姥姥她不要，我就自己造（辽西方言，吃的意思。）"

我从一部"诗话"中看到"一样枕边闻络纬，今宵江北昨江南"这样两句诗，便问魔怔叔："络纬是不是蟋蟀？"他说，络纬俗名莎鸡，又称纺织娘，蟋蟀学名促织，二者相似，却不是一样东西。说着，便引领我们走向草丛，耐心地教授如何根据鸣声来分辨这两种鸣虫。因为不能出声，他便举手为号：是促织叫，他举左手；络纬叫了，便举右手，直到我们能一一辨识为止。

长大以后，我之所以能够"多识于虫鱼草木之名"，和童年那段经历是有直接关系的。我要特别感谢那位魔怔叔的指教，他是我的第一位老师。

小时候，我觉得天地特别广阔，身边有无限的空间，有享用不尽的活动余地。长大以后，随着年龄的增长，倒反而觉得生存空间越来越小了，活动起来窒碍也越来越多了。当听到人们谈到地球正在变成"地球村"时，便在惊悚之余，平添了几分压抑感。这里反映了儿童与成年人心脏的差异。

我常常想，今天的儿童实在幸运，他们有那么多丰富多彩的读物和花样翻新的玩具，又有设备齐全的儿童乐园、少年活动中心。电视看腻味了，顺手打开VCD；收音机听够了，又换上了"随身听"。但是，他们也有很大的缺憾，就是离大自然太远，也缺乏必要的社会交往。特别是城里的孩子，整天生活在楼群中、围墙里。高层公寓使邻居之间的物理距离缩到一两米之内，完全丧失了属于个人的保护性空间。可是，尽管彼此的咳嗽、私语都依稀可闻，见面却形同陌路，心灵世界也得不到沟通。有时，碰上了强盗破锁撬门，邻人也视若无睹；相反地，如果哪家遇到了小小的麻烦，或者因种种传闻出现了"不虞之毁"，便会有一群人扯起耳朵来"包打听"，直到把苍蝇渲染成大象。这种环境，对于正处在心理学称之为开始建立"自我意识"阶段的孩子，显然是不利的。

活泼贪玩，天真烂漫，原本是生命初期的一种个性的袒露。任何形式、任何动因的限制与禁锢，都会扭曲孩子的心灵，妨害他们健康地成长。如今的父母，对孩子的期望值普遍过高，从登龙门、上虎榜，直到具备音乐、美术、外语、计算机等各方面的才能。可是，由于路子不对头，方法不得当，到头来常常事与愿违。

这些才华，至今我无一具备，也许和当年父母没有那样苛刻的要求有关。不过，总有一点好处，童稚时的心灵确是无拘无束的。尽管其时缺乏优裕的物质条件，一年到头难得穿上一套新装，也吃不着几次糖果，但是，由于没有背负着父母望子成龙的殷殷期望，基本上还能做到自己扮演自己。如今，让孩子长大了当这个"家"，做那个"师"，成为什么什么"长"，已经成为时尚，都不能说没有道理。但是，这些梦做得再美满，再高级，无非都是家长的；我们应该鼓励孩子做他们自己的梦。

现在，城里的儿童过早地懂得了许多，却也过早地失去了许多。他们几乎认得出每一个台湾、香港的著名歌星，唱得出许多首流行歌曲，张口闭口离不开金属怪兽，可是，却往往认不出鸽子、麻雀之外的其他禽鸟，分不清月季和玫瑰、麦苗和韭菜，听不到雨后庄稼的拔节声，接触不到松风林籁，涛吼溪鸣——这是一种巨大的缺憾。

人类是自然之子。婴儿脱离了母体,有如人类从树上走向平地,并没有因为环境的改变而与自然隔绝,相反,倒是时时刻刻都在保持着、强化着这种血肉的联系。博大精深的大自然是吸引童心的强力磁场。在那里,孩子们的生命张力能够发挥得淋漓尽致,能够培育出乐观向上的内在基因,激发起探索未来世界的强烈愿望。实在应该创造条件,在孩子们的成长过程中,带他们更多地接触自然,贴近田野,体验山林,以便长大成人以后,心胸能够像大地一样宽广,具有健康的心灵,鲜活的情趣。

一幅真实的素描

◇赏析／邹成平

读完本文,在作者看似漫不经心的笔触里,我们却分明看见一个有血有肉,个性鲜明的人物形象。

魔怔叔是一个性情骨鲠、直率的人。早年在外做事,虽具有办事的能力和才学,终究因不肯屈从上司的旨意,凡事都要"较真",所以落得个"僵卧孤村"的下场;回到家乡,他虽有满腹经纶,却得不到人们的赏识,只好孑然独处……作者把他的率直写得淋漓尽致,入木三分。

魔怔叔是一个凄苦、空虚的人。他总是把凄苦和苍凉描写在脸上,一副又瘦又黄的脸庞,终日阴沉沉的,很难浮现一丝笑容。老屋里挂着一幅被烟尘熏黑的字画,是他想表现自己才华的写照,可终究得不到别人的赏识,心中的空虚和怅惘也就可想而知了,推知他的性格,这种遭遇也就成了必然。

魔怔叔是一个值得我们尊敬的人。他率直叫真的性格值得我们学习,他渊博学识值得我们尊敬,他熟识唐诗宋词,他懂得我们孩子爱听的各类神奇故事;最重要的还是他"多识于虫鱼草木",引经据典,深入浅出地向"我"介绍自然……文中没有慷慨陈词,没有激情高昂,却让我们深深地感悟到:真实赋予了人物的生命,也是真实,创造了文章的美丽!

感动真情系列

感动中学生的100个老师

> 可是音乐，在生命的最初年代，却在我的心上播下种子，生长着我人生旅程上点点滴滴的情绪。

竹箫往事

◆文/吴玉楼

178

我记事时，生产大队有一间知青屋，住着六名从江南来的二十来岁的女孩子，其中一位有一支长长的竹箫。下工后她从不串门，总是坐到屋前小河边的一棵老柳树根上，慢慢地吹箫。如是经年。

我入学的那一年，她成了我们幸福小学的老师，教我们语文课。放学后，她一如既往地坐在河边吹箫。

那是一九七六年了，六名女孩子，四名走了，一名嫁了。剩下她一个人守着三间知青屋，守着小河边的箫声。我已经习惯了那种不紧不慢的声音，她带着箫声来到这里时，我刚出生。转眼，我上小学一年级。

河边有一片竹林，在知青屋前三十步远，我们经常在那里开展活动。黄昏以后，我们的喧闹和箫声的悠扬一高一低，一浊一清，从河面上飘走。入学后，因为她是老师，大伙不敢再到竹林里去闹了。

有一天我们藏猫猫，我东躲西藏的时候，忽然灵机一动，悄悄藏到了竹林里，我想伙伴们就是找翻天，也不会想到我藏到竹林来了，我屏神静气地蹲在了竹林中间。

这时，老师的箫声又响起来。

那是秋天已经跑远，冬天已经降临的日子，黄昏的一点残照透过一竿竿毛竹，一条线一条线地洒在竹林里，箫声起起落落，水一样漂流过来。

这是一个陌生的世界，我第一次蹲在竹林里，慢慢走近老师和她的竹箫世界，

并为箫声世界的氛围所包融。在竹子的缝隙里,我看见了我的老师,面对夕阳和河水,她的脸上铺满了晚霞。她的眼神,像是跑出去很远很远了,看不见一样眼前的东西。

我的心,随着箫声漫游。忽然就像生出了翅膀,飞离身边,飞到箫声中,和它一起向暮色深处飘去。那一天,我没有被大家找到,我把自己丢失了,丢在温暖的有点凉意的世界里,感到踏实而又缥缈,抓不住一样东西,却又在飞行。母亲在村路上喊我回家,我才被喊声惊醒。

我被它刺伤了还是感化了。

以后,每有箫声,我都在竹林里听。气温一天天变冷,后来老师就不再坐在河边吹箫了,箫声从她的门缝里传出来,呜呜咽咽地飘过竹林。学校土坯墙的房屋,只在东西两个厢房各有一个窗口,冬天都被稻草塞严了,一缕昏黄的灯光从缝隙里钻出来,它使我感到温暖,我想像老师坐在煤油灯下,在忽长忽短的灯花中轻移手指,让一个音符一个音符春草一样萌芽。

她把所有的音符,种进我的心田,就生长出一块萋萋芳草地。

老师的目光,一定还是那么悠远,她让箫声在乡村的夜晚孤独地盛开一朵花。

冬天的第一场大雪,也是在一个傍晚飘下来的。

179

我躲在茅屋里,倚着土墙坐在床上,和父亲、弟弟合裹一床被子,我们的脚在被子底下挤在一起,听父亲讲故事。

我听到了拍打窗口的稻草发出的嘶嘶的声音,它越来越响,拉着我离开了父亲的故事。我不安起来,我好像嗅到雪花中的若有若无的香气。

终于,我撒了一个谎,穿上木屐走出门去,跌跌撞撞地走进雪地。我不知道我慌什么,走到竹林边,我才松了一口气,我是为箫声来的。

它没有失约,它在飘呢,雪花一朵朵扑面而来,落到脸上,迅速地化成一颗一颗雪珠,汇成小河流,在脸上奔流。箫声的大帛,在呼呼的风声里裂成碎花,充满了心空。

落满我脸颊的雪花和落满我心空的箫声,哪一样都不是一个七岁的孩子能够懂得的。可是他一个人,悄悄站在你的窗外,在严寒中守候,徒然地想要抓住他们,成为身边的一个伙伴。

我是被父亲焦灼的喊声找到的,从竹林边出来,一股热流突然从眼角流出,我不明白我为什么会流泪,可是平生第一次,我读懂了感伤,我发现我找到了一样好东西,它就在我的眼前,我却永远不可能走近它,去抚摸它、关怀它,只能眼睁睁地看着它远离,渐渐地消失。

我直觉地发现,老师的箫声在讲一个故事,一个和我心头上发生的事情同样的故事。

两年后,我三年级,我的老师,还教我们语文,时间一天天向前,我的心上,一些老故事转身离去,新故事接踵而来,箫声,潜藏在第一个重要的故事里。

一天,下课的铃声响了,老师合上课本,却没有走,低头从一个袋子里往外掏东西。

黑红相间圈纹,是那支竹箫。

老师把它送到嘴边,轻移手指,吹奏起来,从一年级开始,每一个箫声如染的黄昏,像一页画册,一一翻到我的面前。

最后一个音符徐徐送出,在教室里回旋。老师的眼角,一滴泪珠,终于托不住,滚下来。

她说:同学们,再见了。

从此,我再也没有见过她,每一次从知青屋门前走过,走进小竹林,愣愣地看着紧关着的门户,那个大雪纷飞的晚上留下的无限的感伤又回过头来,在心上蜇一口。

考上大学后,我离开了家乡。大一的一个轻霜初染的日子,我在异乡的街头闲逛,在一家商店看到了黑红相间的一支竹箫,我买下它,坐在店外不远处的草坪边,把它送到嘴边。

第一次捧起竹箫,我无法吹出调子来,可是我在熙来攘往的人流面前,迅速地找到了自己的位置,我在不成调的箫声中沉溺。我仿佛看见坏墙围着的煤油灯,窗口上稻草嘶嘶作响的声音,小河,夕阳,在箫声中迷失的少年的我。

在都市的喧闹中,这些没有秩序的箫声带我回家,帮我悠悠地走向紫色的朦胧的世界。

我没有成为一个音乐家,甚至到现在,还是一个五音不全的人。可是音乐,在生命的最初年代,却在我的心上播下种子,生长着我人生旅程上点点滴滴的情绪。

竹箫情深

◇赏析／邹成平

青葱的岁月，是感伤的风月，淡淡的箫声，在作者的笔下汩汩流泻，那段竹箫的记忆竟如此凄婉而美丽。

竹箫之情融在了诗一样的意境里。吹箫的地点是小河边的竹林里，我们不难想像出这样的画面：一个孤独的女子，满怀心事，手执竹箫，在嘴边轻轻地吐出悠扬的声音，在空旷古朴的河边，她已忘了自己的存在，与大地浑然一体，就像那飘散的忧伤，在旷远的天际里弥漫……作者除了定格这样的镜头外，还特意写了雪中听箫的故事，一缕昏黄的灯光，一个感伤的女子，一支传情的竹箫，一个又一个像春草一样萌芽的音符……这无不抒写着一个凄婉而美丽的吹箫境地，读着读着，谁还能不被感染而融入到这诗一般的意境中去呢？

竹箫之情融在了诗一样的语言里。在文中，作者一次又一次运用比喻、通感等手法来刻画动听的箫声，如"那是秋天已经跑远，冬天已经降临的日子，黄昏的一点残照透过一竿竿毛竹，一条线一条线地洒在竹林里，箫声起起落落，水一样漂流过来"，本来只能耳闻的声音，在作者的笔下，却让我们看得见，摸得着了。甚至在后面我们还能嗅到箫声里的香气。箫声，正是在作者诗一样的语言里得到了升华，化成了美丽！

温习尘封的记忆，缠绵的忆旧情愫，惟美的文字传情，让我们永久难忘：那片悠扬的箫声，那股幽幽的感伤，那段凄婉而美丽的竹箫往事！

此刻，当我刚刚过完三十四岁生日，在这个深秋的夜晚凭栏而立，久久眺望南方那遥远的校园时，它又在我心里丁丁当当丁丁当当地唱起来了。

遥远的校园

◆文/斯 妤

那一天，天有点阴。台风刚刚过去，镇东头你挨我挤地倒塌了一片房屋与榕树，落叶慌慌地飘在街头和巷尾，给人浓浓的苍凉感。尤其那些满身根须的老榕树俯腰折背地倒在水边，像一个个百岁老翁酒后行路，突然栽倒再也爬不起来一样，让人惋惜让人惆怅。

那一天，我们中心小学一年级一班的同学个个都感到浓浓的惆怅。我们的语文教员、班主任、有着深深的皱纹和略带沙哑嗓音的林老师突然调离了本校。她没有和我们告别。强台风袭击闽南一带，小学校停课三天，三天后同学们一个个回到自己的座位，林老师却已不知去向。

新来的班主任姓钱。很胖的身材，很黑的脸，虽然眼睛很大也很美，我们却讨厌她。我们认为她眼睛长得凶，脸上的皮肤也黑得凶。

而我们的林老师是慈眉善目白皙洁净笑起来像月光一样的呀。

关于林老师无论当时还是现在我所知都不多。我们是刚入学的新生，她教我们总共不到两个月。我们只知道她那在闽南一带极普遍极平常的姓，只知道她的家在距学校三公里远的锦里村，只知道她已不年轻，她的额上有深深的皱纹她的嗓音略带沙哑。我们甚至不知道她的名字，然而我们谁都忘不了她那慈爱的笑容亲切的笑容——那笑容给我们的感觉是皎洁的月光，丁当作响的月光呢。

我时常觉得奇怪，无论小学还是中学，我都得到各年级老师的特殊喜爱与关心，惟独林老师例外，她从来不曾偏爱我，而且，她教我们的时间是那样短暂。然

而,二十七年过去了,她亲切的笑容却常常无端浮现在我的眼前,使我眷念使我向往。

难道林老师天生地具有魔幻般的吸引力?

总之那一天放学后,我们一年级一班的三十几个同学都因思念林老师而拒绝回家。我们沿着落满枯枝败叶的小路朝三公里外的锦里村走去,我们去寻找我们的老师我们的月光。

直到天完全黑下来了,我们才找到林老师那矮小的家。

我们当然见不到亲切的林老师,她早已到遥远的新学校去照耀别的小孩子了。

但是我们见到林老师的丈夫林老师的儿子还有林老师的家了。我们深深深深地替林老师感到委屈。

林老师的丈夫坐在灶火前,正在一把一把地往灶膛里塞柴草。他又长又瘦又佝偻。他扭过头看我们时,很丧气的脸与很不耐烦的神情正好和林老师光辉灿烂的笑容形成对比。

林老师的儿子坐在大门口。他长得一点也不像林老师。他正在那里就着一盏昏昏的灯切猪菜。他不时从刀下的番薯藤里挑出一个番薯根,迅速塞进嘴里,嘎巴嘎巴地嚼。

而林老师的家,它简直就不是家呢。房间又窄又矮。床铺、饭桌、扁担、镰刀、稻草、番薯,摩肩接踵地挤成一片。它甚至连一张书桌都没有。

林老师在哪儿备课呢?

从林老师家出来的时候,天上很冷地闪着几颗星。我们三十几个人几乎同时都觉得冷觉得饿。大家闷闷地走,像一群疲惫的逃兵。

家住锦里村的同学林水龙和我们分手时突然很大声地说:

"你们不要小看林老师的丈夫!他以前当过教育局长,他现在是右派但他当过局长呢!"

听了这话我们稍微吁了一口气,我们都替林老师振作了一下。但很快我们又气馁了。那样佝偻的腰那样丧气的脸即使当过局长又怎能配得上我们白净的老师月光般的老师呢?

我记得我那时曾暗暗发誓,我长大了一定要当厦门市的市长至少我要嫁给一个有威风的市长,然后我就要给林老师重新配一个丈夫。她的新丈夫将是高大英俊热情整洁并且没有一顶丧气的右派帽子的,他将使我们一年级一班的全体同学感到骄傲。

五年级的时候是彭老师教我们数学。

他很高,长着一头鬈发,眼睛很大鼻子很尖。但很可惜他的腰不太直,这一点大大影响了他的风度。他又有一个坏毛病,当他在黑板上演算数学题的时候,常常要突然停下来用两只手臂夹着裤腰往上提一下,尽管他的裤子丝毫没有脱落的意思。

而且,他的脾气又很大。当他讲课的时候,要是哪个同学小声讲话或者做了小动作,他立刻会瞪起眼睛,将手中的粉笔狠狠朝他砸去。

好多同学不喜欢他,包括我在内。我们背地里叫他"恶彭"。他却喜欢我。

他指定我当数学课代表。下课后有时我经过办公室,他看见,一定要叫我进去,给我看画册或者送我一本新到的《少年文艺》。

有一次他见我指甲很长没有剪,他甚至让我站在他面前,拿剪子很仔细地帮我剪了。

然而我仍旧不喜欢他,虽然他的课讲得很好,我仍旧和同学一起偷偷叫他"恶彭"。

期末考试快到了。我和往常一样将大家的作业送到办公室。八角形的办公室里静悄悄的,只有彭老师一个人。

我转身要走的时候,彭老师叫住我说:

"你复习得怎么样了,唔,这本书你拿去看。"

这是一本教学用的书。我顺手哗啦啦翻了一下,看见到处都有红钢笔字一行一行地挤在黑铅字下。我对认真的彭老师顿时肃然起敬。

回到家我就将书扔到抽屉里了。我功课好一向有些自负,考试我从来不紧张不拼命复习的。我很得意,因为尽管这样我仍旧年年考第一。

第二天试卷发下来的时候我发现今年的试题比往年难。尤其最后两道附加题,它是超出我们目前的教学程度的。

这两道题答不出来不扣分,答对了却加二十分。

考试的结果仍是我第一。全年级只有我一个人将附加题做出来了。虽然它们整整用去我一个小时——那是整个考试时间的三分之二。

我将那本教学书拿去还给彭老师的时候,彭老师正在打点行装准备回城里过寒假。

"怎么样这书有用吧? 嗯,我对功课好又听话的学生向来是照顾的。"

面对老师的好意我突然觉得惭愧,我一冲动便老实承认这书我还没看,但我表示如果老师希望我看假期里我一定将它看一遍。

彭老师看了看我,突然异样地笑起来。那笑容的意思仿佛我是某桩谋杀案的同谋。

他异样地笑着并且迅速打开那本书,他翻到一处画了红杠杠的地方看着我笑:"嗯?这也没看?"

我低头看书。这一看我大吃一惊,那上面正是试卷上的附加题,而且解题过程、答案都赫然地印在那里。

我不明白既然这书这么重要彭老师为什么将它借给我?哦,幸亏我没看否则这次考试我的成绩岂不是假的?

"我把书给了你我就知道你能考第一。嗯,你还不承认我对你的特别照顾?你瞧我还特意用红笔给你圈出来了。好吧,你是个聪明孩子,你说没看就没看吧。"彭老师意味深长地笑。

直到此刻我才明白我正在蒙受弥天大辱,而且这侮辱是这样恶劣这样可怕!

我相信浑身的血都冲到脸上头上来了,泪水在眼眶里打转,牙齿生平第一遭格格格格地打起战来……

"你怎么啦——"彭老师惊诧地看着我不再异样地笑了。

我终于"哇"的一声哭了出来。我使尽全身力气把书重重摔到彭老师脚下,然后狂风暴雨般地跑了出来。

这一幕发生在我刚满十一岁的那一年。那一年我本来非常高兴我即将毕业即将成为中学生成为大人了,然而眼睛很大鼻子很尖的彭老师弄乱了这一切。我顿时改变了对成人社会的看法。整整两年我认定大人们很坏很恶劣,成长为大人是可怕也是可悲的。

所以当一九六八年中小学开始复课的时候,我没有像父母所希望的那样进镇上那所正规中学,我选择了中心小学的"戴帽"初中班,也就是说我仍旧留在小学校里了。

中心小学的校长是位美丽威严的女士。每个星期一早晨全校同学做完早操整整齐齐站在操场上时,美丽威严的林校长必定飘着白纱巾站得高高的对大家亲切演讲。

她的演讲照例十分钟左右。她的声音很好听,有时配上大一点的风吹过来,简直就像风铃一样发出丁丁当当的乐声来。有一阵我对她的声音简直着了迷,天天盼着星期一早晨,盼着那天早晨刮起一阵一阵清爽的风。

同学们都认为林校长是全校女教师里最漂亮的。事实确实如此。她服饰讲究,风度超群,虽然那时已三十七八岁,仍旧长着一双好看的大眼睛。不过,我常常觉得那眼睛有一种意味,一种我那时说不出后来才明白的意味,那其实就是忧郁。

那时候林校长在整个镇上都备受尊敬,因为她丈夫原是地下党的一位负责人,厦门临解放时被敌人绞死了。她自己原来也是地下党的外围组织成员。

林校长除了每个星期一早晨对全校师生亲切演讲外,她还主持学校的教务会、班主任会。每周四下午少先队活动的时候,她总是来和辅导员站在一起,微笑着看正护卫队旗绕场一周的庄严的我们。

我那时常常纳闷林校长那样美丽那样威严为什么她的眼睛里即使在微笑的时候也有一种忧伤的神情呢?

后来仿佛魔术一般,我发现林校长眼里的忧伤消失了,她变得平静而快活。

再后来有同学从她当老师的妈妈那里得知,林校长再婚了,但可惜的是她的新丈夫不能带给她荣誉只带给她耻辱。

她从此不再是烈士家属了,她甚至变成了黑五类的妻子。

她的新丈夫是一个地位低、出身黑的小学教师。

然而林校长依旧美丽威严。每星期一早晨她依旧飘着白纱巾对我们亲切演讲。

没多久爆发了文化大革命。两个很年轻的老师戴着红卫兵袖章变成了中心小学的领导者。他们做的第一件事是给美丽威严的林校长戴一顶很高的纸帽背一块很大的木牌。

木牌上写着:

"背叛烈士蜕化变质反动权威死不改悔"

纸帽上是两个竖排的字:

"破鞋"

林校长被她的高年级学生押着跪在露天礼堂的戏台上。她脖颈上的纱巾依旧飘着,只是已染上了浓黑的墨汁。

造了反的老师先后上台揭发林校长的罪行。他们说林校长执行反动路线,说林校长腐化堕落,蜕化变质,说林校长一直抓着资产阶级生活方式不放……

当气势汹汹的造反老师要求林校长坦白交待时,林校长被粗暴地推到戏台中间来。闹哄哄的会场顿时寂静下来,大家都静静地等待林校长开口。

林校长抬起美丽的眼睛看着大家。我惊奇地发现那里面没有恐惧没有忧伤也没有求饶的神情，那里面甚至涌出大量的平静与固执……

远处突然传来风铃清脆的歌唱了，它丁丁当当丁丁当当一路歌唱着朝我们走来，它一直走进会场走进我十二岁的心底——它甚至一直伴随着我走到现在。此刻，当我刚刚过完三十四岁生日，在这个深秋的夜晚凭栏而立，久久眺望南方那遥远的校园时，它又在我心里丁丁当当丁丁当当地唱起来了。

遥远的校园，永久的思念

◇赏析／李明高

"散文是心灵的颤动，散文是情感的皱折，散文是灵魂的呼吸。"斯妤说过："我近乎执拗地在散文这个小小的空间里着力耕耘"，正是散文的自由、灵动和率真，使得斯妤在长期的写作中"对它依依不舍"。

斯妤的散文是一个平和安宁的自我世界的展望。她写真人，抒真情，显真我，现真诚，柔情、友情、爱情以及生命的真谛贯穿着善与爱在其笔下流淌。

一篇《遥远的校园》演绎了多少真、善、美、爱！作者在这篇散文里向我们讲述了三个老师的故事，有只教了"我们"三天却在"二十七年过去了，她亲切的笑容却常常无端浮现在我的眼前，使我眷念使我向往"的林老师；有"好多同学不喜欢他"后来让"我"受到"弥天大辱"的彭老师；还有"美丽威严"、"在整个镇上备受尊敬"的烈属，可后来又被戴着高帽游街的、变成"反动权威"、"黑五类的妻子"的林校长……总之，这些老师都在"我"心中留下了深刻的印象，对"我"的人生起到了至关重要的作用。

所以作者在"……久久眺望南方那遥远的校园时，它又在我心里丁丁当当丁丁当当地唱起来了。"表达了作者对"遥远的校园"和那些给自己教育的老师们的深切怀念。

> 他经常是仰着头，迈着八字步，两眼望青天，嘴撇得瓢儿似的。我很难得看见他笑，如果笑起来，是狞笑，样子更凶。

我的一位国文老师

◆ 文/（台）梁实秋

188

　　我在十八九岁的时候，遇见一位国文先生，他给我的印象最深，使我受益也最多，我至今不能忘记他。先生姓徐，名锦澄，我们给他取的绰号是"徐老虎"，因为他凶，他的相貌很古怪，他的脑袋的轮廓是有棱有角的，很容易成为漫画的对象。头很尖，秃秃的，亮亮的，脸形却是方方的扁扁的，有些像《聊斋志异》绘图中的夜叉的模样。他的鼻子眼睛嘴好像是过分地集中在脸上很小的一块区域里。他戴一副墨晶眼镜，银丝小镜框，这两块黑色便成了他脸上最显著的特征。我常给他画漫画，勾一个轮廓，中间点上两块椭圆形的黑块，便惟妙惟肖。他的身材高大，但是两肩总是耸得高高，鼻尖有一些红，像酒糟的，鼻孔里藏着两筒清水鼻涕，不时地吸溜着，说一两句话就要用力的吸溜一声，有板有眼有节奏，也有时忘了吸溜，走了板眼，上唇上便亮晶晶地吊出两根玉箸，他用手背一抹。他常穿的是一件灰布长袍，好像是在给谁穿孝，袍子在整洁的阶段时我没有赶得上看见，余生也晚，我看见那袍子的时候即已油渍斑斓。他经常是仰着头，迈着八字步，两眼望青天，嘴撇得瓢儿似的。我很难得看见他笑，如果笑起来，是狞笑，样子更凶。

　　有一天，先生大概是多喝了两盅，摇摇摆摆地进了课堂。这一堂是作文，他老先生拿起粉笔在黑板上写了两个字，题目尚未写完，当然照例要吸溜一下鼻涕，就在这吸溜之际，一位性急的同学发问了："这题目怎样讲呀？"老先生转过身来，冷笑两声，勃然大怒：

"题目还没有写完,写完了当然还要讲,没写完你为什么就要问?……"滔滔不绝地吼叫起来,大家都为之愕然。这时候我可按捺不住了。我一向是个上午捣乱下午安分的学生,我觉得现在受了无理的侮辱,我便挺身分辩了几句。这一下我可惹了祸,老先生把他的怒火都泼在我的头上了。他在讲台上来回地踱着,吸溜一下鼻涕,骂我一句,足足骂了我一个钟头,其中警句甚多,我至今还记得这样的一句:

"×××!你是个什么东西?我一眼把你望到底!"

这一句颇为同学们所传诵。谁和我有点争论遇到纠缠不清的时候,都会引用这一句"你是个什么东西?我一眼把你望到底!"当时我看形势不妙,也就没有再多说,让下课铃结束了先生的怒骂。

但是从这一次起,徐先生算是认识我了。酒醒之后,他给我批改作文特别详尽。批改之不足,还特别的当面加以解释,我这一个"一眼望到底"的学生,居然成为一个受益最多的学生了。

鲜活的人物形象

◇赏析/张 洁

老师是我们人生中的一个关键人物。从幼儿园,到小学、初中、高中,甚至大学,老师都始终陪伴着我们成长。他们的言行影响着我们的学习、生活,甚至我们的一生。

少年的记忆里,恐怕每个人都跟老师有过这样那样的冲突,或者是因少不更事的冲动,或者是因年少轻狂的叛逆。在那时,与老师对抗成了我们实现英雄主义的惟一途径。但等到大家成年,老师便成了我们弥足珍贵的回忆。大家开始回首往事,回首那些与老师在一起的岁月。

梁实秋先生是文学大家,他的文字颇具写生力。这篇写老师的文字也不例外。文章开篇第三句话,"秃秃的,亮亮的,脸形确是方方的扁扁的",轻松随意的几笔便勾勒出了老师的大致轮廓。我们闭上眼睛便可想像得出他的头,他的脸。如果说前面还是漫画式的笔法,下面便是抓住特征工笔细描了:"他的身材高大,但是两肩总是耸得高高,鼻尖有一些红,像酒糟的,鼻孔里藏着两筒清水鼻涕,不时地吸溜着……他常穿的是一件灰布长袍……袍子在整洁的阶段时我没有赶得上看见……他经常是仰着头,迈着八字步,两眼望青天,嘴撇得瓢儿似的。我很难得看见他笑,如果笑起来,是狞笑,样子更凶。"寥寥数笔,一个不修边幅,吸溜着鼻子、不苟言笑,甚至有点凶的老师便站立在我们面前。酒后堂上大怒,更是写得有板有眼:踱步声、吸溜鼻涕声、骂人声,声声入耳。一提到梁先生的《我的一位国文老师》,脑海中马上就会蹦出一句:"×××! 你是什么东西? 我一眼把你望到底!"一篇几百字的文章,能把人物写得如此鲜活,给人留下如此深刻的印象,实在是非大师所莫能。

190

我望着空荡荡的书屋，想起塾师在这里度过的日日夜夜，想起他离开书屋时的苍凉心情，想起他对我们的谆谆教诲，眼泪禁不住扑簌簌地流了下来……

塾　师

◆文/傅德岷

一生中教过我的老师有数十个，但我最难忘的是塾师。

一九四九年春天，我跟随父亲到了村上的阎家塾馆。

这是一座破落的庄院，四周翠竹葱茏，柏木森森，几棵大楠木树上鸟巢点点，晨昏雾起，鹤飞于天，鸟鸣在林，倒也幽静。书屋设在阎家大厅的东面，由篾笆夹隔而成。塾师姓王，据说是落魄的高中毕业生，新学、旧学都好。他，三十多岁，中等身材，蓄平头，穿灰布长衫，三尺长的叶子烟杆常作手杖。我们走进书屋，焚香点蜡，在"大成至圣先师孔子之神位"前跪拜，塾师立刻拉起我，说："不必行大礼，三鞠躬就可以了。"当他知道我的腿是因抗争一富家子弟的欺侮而被打伤致残时，慨然地说："天下为公，谈何容易！"接着，他带我到一张书桌旁，递给我一部书，说："你已修完高小六年级上期的功课，不必读'四书'了，学《古文观止》吧！数学也不要丢！"

从此，我就在旧学、新学的交叉轨道上读书、背书、练字、演算。我不但没有忘却小学的功课，而且在古代散文名篇的熏陶下，领略了《陈情表》(李密)、《祭十二郎文》(韩愈)的挚情，《出师表》(诸葛亮)的忠心，《岳阳楼记》(范仲淹)的忧乐……也许这就是我的"文学启蒙"吧！

塾师家在青石桥，离塾馆有十多里，他只好寄食在阎家。塾馆三十多名学生，除了按时交学米外，还在端午、中秋、重阳等节日，给他送些粽子、月饼、醪糟酒之类。按规矩，他要回赠学生一些香包的。由于师母不在这里，他便自制书笺，并针对性地题上诗句，送给我们。记得给我的书笺上，他写的是："逆水行舟，功在不舍；残而不废,有志事成。"读着这些充满激情和鼓励的文字,我想起腿残后遭受的嘲弄、白眼、耻笑,泪水在眼眶里滚来滚去。

塾师家境贫寒,加上子女多,生活非常困窘。因此,他对穷人总是怀着一腔的同情和热爱。记得一天下午,他应邀去写碑文,临走时要我们好好读书、练字。不料,他走后不久,龙卷风起,潘家晒在黑石河滩上的土纸,满天翻飞。不知谁喊了一声:"走,放风筝去!"于是,我们一起冲出书屋,在河滩上跳着、笑着、闹着。塾师归来时,气虎虎地凶了一顿,说:"潘家靠造纸为生,你们不帮助抢纸,反而助风为虐,恻隐之心安在?"

还有一次,仿佛是秋末的一天黄昏,保长带着乡丁冲进书屋,要抓一位刘姓同学的壮丁。塾师虎着脸,在桌上拍了一巴掌,说:"我的学生,谁也不准拉走!"保长陪着笑脸,说:"战事吃紧,上司命令扩大壮丁名额!"塾师不容分说,严肃地说:"政府不是明文规定,不准拉在校学生当兵吗?"

"王先生,那是指官学,你这是私学!"

"胡说! 私塾就不是学堂吗? 苏东坡、杨升庵不是私塾培养的吗?"塾师涨红着脸,手一挥,"走吧!"

第二天一早,刘同学没来上学,听说被乡丁抓走了。塾师沉默地吸了三支叶子烟后,站起来,在黑板上大书几个字:"苛政猛于虎!"然后就让我们学《礼记·檀弓》篇中关于"孔子过泰山侧"一文。

这年(一九四九)冬天,解放战争胜利的消息不断传来,塾师特别高兴。一天,他对我们说:"要解放了! 孟子的'五亩之宅,树之以桑,颁白者不负载于道路矣'的'王道'理想就要实现了。我教你们唱一首歌吧!"

塾师还能唱歌? 我们感到新奇,都说:"要得!"

塾师在黑板上写下《锄草歌》,喝了两口茶,润了润喉咙,唱道:

> 手把锄头锄野草呀,
> 锄去那野草好长苗呀!
> 呀呼嘿,呀呼嘿,
> 锄去那野草好长苗呀,
> 呀呼嘿嘿呀呼呀呼嘿!

他,感情激动,声音洪亮、圆润,仿佛心都要跳出来似的。我们也扯破嗓子地唱,放学以后,"呀呼嘿嘿呀呼呀呼嘿!"的歌声,还在广阔的田间村野上飘荡。

一九五〇年春天,乡人民政府成立。塾师满腔热情,准备把塾馆办得更好。可惜那时实现单一的教育制度,塾馆停办。一天清晨,我上学后,书屋里异常寂静,大家不吭声,埋头写字,默默念书,不见塾师的影子。我正奇怪,秀成君哽咽着说:"先生回家了! 他希望大家种田的种田,读书的读书,前途珍重! "

我望着空荡荡的书屋,想起塾师在这里度过的日日夜夜,想起他离开书屋时的苍凉心情,想起他对我们的谆谆教诲,眼泪禁不住扑簌簌地流了下来……

四十多年了,悠悠岁月总也抹不去我对塾师的思念,眼前常浮现他那蓄平头、穿灰布长衫,手拄叶子烟杆的身影;四十多年了,虽然我多次探询,终未见塾师一面,但他给我的"逆水行舟,功在不舍;残而不废,有志事成。"的题词,在我艰难的生活道路上,始终在耳畔回响……

刚毅正直的塾师

◇赏析/张 洁

书塾已真正成为历史,与我们相去甚远了。塾师在人们的头脑中也渐渐留下一个模糊的身影。大约穿着长衫,拖着一条长长的辫子,一张因严厉过分而显得冷冰的脸,读起书来总是摇晃着身体(《纳氏文法》里就这样描述过:"他们无论读书背书时,总要把身体东摇西晃,摇动得像一个自鸣钟的摆。")——现代人头脑中的塾师大约不过如此罢了。傅德岷的这篇《塾师》却让塾师的形象清晰起来,成了一个实实在在、有血有肉的人。

本文写的是阎家塾馆的一个王姓老师。

"一生中教过我的老师有数十个,但我最难忘的是塾师。"文章开篇点题,直入写作对象,指出塾师在作者心中的地位。那么,在数十个老师中,为何独独塾师令作者如此难忘呢? 文章很快围绕塾师展开了回忆。

"塾师姓王,据说是落魄的高中毕业生,新学、旧学都好。"写文章时,作者似乎又回到了从前。"据说"当是作者见老师之前间接了解到的。"他,三十多岁,中等身材,蓄平头,穿灰布长衫,三尺长的叶子烟杆常作手杖。"当"我"走进书屋,焚香点蜡,要跪拜孔子牌位时,他立刻拉起"我"说:"不必行大礼,三鞠躬就可以了。"当他知道"我"的腿受伤的原因时,他"慨然地说:'天下为公,谈何容易! '"这就是作者与塾师的初次见面。我们已经隐隐感到他与我们脑中的塾师似乎有些不同。没有那么古板,那么拘泥于礼节,也没有一般的旧知识分子的"谨于言,慎于行"。从他对一个伤残学生的体谅和对峙强凌弱者的愤慨中,我们可以感觉到他的善良,他对弱小者的同情,对作恶者的憎恶。

回赠书笺的细节令作者感受至深。事隔许多年,作者仍记得书笺上的文字:"逆水行舟,功在不舍;残而不废,有志事成。"这一细节充分地表现了塾师对伤残学生的关怀和心灵上的呵护,也是塾师的善良、同情弱小者的品格的进一步体现。

"龙卷风事件"中,塾师对弱小者、贫苦者的同情表现得更为充分。作者在文中较详细地回顾了那一幕:"记得一天下午,他应邀去写碑文,……塾师归来时,气虎虎地凶了一顿,说:'潘家靠造纸为生,你们不帮助抢纸,反而助风为虐,恻隐之心安在?'"从塾师气虎虎的神态和对学生的责骂中,可看出塾师对潘家遭遇的同情,对玩劣学生没有"恻隐之心"的痛心疾首。

塾师不仅同情弱小者和贫苦者,还敢于直面强权者,对他们的不正当行为说"不"! 文章回顾了塾师阻止乡丁进书塾抓壮丁的情景:

"还有一次,仿佛是秋末的一天黄昏,保长带着乡丁冲进书屋,要抓一位刘姓同学的壮丁。塾师虎着脸,在桌上拍了一巴掌,说:'我的学生,谁也不准拉走!'保长陪着笑脸,说:'战事吃紧,上司命令扩大壮丁名额!'塾师不容分说,严肃地说:'政府不是明文规定,不准拉在校学生当兵吗?'

"'王先生,那是指官学,你这是私学!'

"'胡说! 私塾就不是学堂吗? 苏东坡、杨升庵不是私塾培养的吗?'塾师涨红着脸,手一挥:'走吧!'"

为了保护学生,塾师挺身而出,据理力争,正气凛然。而当第二天早晨,听说刘姓学生仍被抓走后,他在黑板上大书几个字:"苛政猛于虎!"并让学生学"孔子过泰山侧"一文,以表达他心中的愤怒和对当局者的强烈不满。

塾师还是一个乐于接受新事物、热爱教育事业的人。解放战争胜利后,他为贫苦人有田可耕了而高歌;人民政府成立后,他满怀热情,准备把塾馆办得更好。但是,由于解放初期私塾撤办,塾师只得怀着苍凉的心情离开了书屋。这就是所有关于塾师的故事。离开书塾的塾师怎样了? 他过得还好吗? 文章没有写,我们也无从知道。但是,一个富有同情心、刚毅正直的塾师却在我们的大脑中活了起来。他改变了我们对塾师的印象,牵动着我们的心。